KB263767

마음의 충치까지
치료합니다

마음의 충치까지
치료합니다

마음의 충치까지 치료합니다

정유란 에세이

어른과 아이가 함께 찾는 동네치과 이야기

오르골

일러두기

◆ 맞춤법과 외래어 표기는 현행 '한글 맞춤법 규정'과《표준국어대사전》(국립
국어원)을 따랐다. 단 글의 흐름상 필요한 경우, 일부 구어체나 고유명사는
그대로 살렸다(가글하다, 피카츄 등).

◆ 치과 관련 용어는 현장에서 쓰는 단어로 표기하고 필요시 한자나 영어를 병
기했다(맹출, 구역반사 등).

◆ 책 · 정기 간행물은《 》로, 시 · 영화 · 방송 제목은〈 〉로 표기했다.

◆ 등장인물의 이름은 개인 정보 보호를 위해 가상의 이니셜로 표기했다.

치과의사가 되어 처음으로 개인 치과의원에 취직했을 때가 기억납니다. 그 치과는 원장실이 정말 작았습니다. 약 한 평 남짓한 공간에 대표원장님과 제가 어깨가 닿을락 말락 붙어 앉아 있었습니다. 그런데 원장실만 좁은 게 아니었습니다. 새내기 치과의사가 처음 만난, 치과라는 세상도 모든 것이 좁게 느껴졌습니다. 환자의 입은 늘 작았고, 치아는 더 작았습니다.

가끔은 치대 동기들과 만나 소소한 넋두리를 늘어놓기

도 했습니다.

"와, 치과 일 진짜 힘들고 어렵지 않니? 매일 수그리고 일을 하니까 허리가 너무 아파."

"하루 종일 좁은 치과에 갇혀 사니까 너무 갑갑한 것 같아."

"이 일을 평생 해야 한다니… 선배들이 대단해 보여."

그렇게 세월이 흘러 이제는 18년 차 치과의사가 되었습니다. 여전히 좁은 세계에서 부대끼며 살고 있지만 그럭저럭 버틸 만합니다. 아니, 버티는 데 그치지 않고 꽤 자주 보람도 느낍니다. 저도 드디어 존경해 마지않던 '선배 치과의사' 대열의 끄트머리에 합류하게 된 걸까요.

제가 그동안 버틸 수 있었던 이유를 떠올려 봅니다. 무엇보다도 치과에서는 사람들이 '변화'해 가는 모습을 지켜볼 수 있습니다. 여기서 말하는 변화는 치과 치료에 의한 결과이기도 하고, 자연스러운 성장과 전환을 의미하기도 합니다. 이처럼 사람들의 변화를 지켜보는 것 자체가 즐거웠습니다.

달리기를 하다가 사람들 사이에 우뚝 멈춰 서 본 적이 있나요? 가만히 서 있으면 내 곁을 스쳐 지나가는 사람들의 표정, 땀방울, 속도감이 고스란히 느껴집니다. 함께 달릴 때는 미처 몰랐던 사실이지요. 그와 마찬가지입니다. 치과라는 좁은 공간에서 '멈춘 듯' 살아가는 저는, 사람들이 변화해 가는 모습을 보며 삶의 다채로움을 느낍니다.

특히 어린이들이 성장하고 변화하는 모습은 경이로울 정도입니다. 예를 들어 앞니가 삐뚤삐뚤 나와 당장이라도 교정 치료를 받아야 할 것 같은 어린이가 있습니다. 하지만 시간이 지나 턱이 자라고 주변 치아들까지 나오면서 앞니는 차츰 자리를 잡아갑니다. 치과에서 만나는 어린이 환자들도 그렇습니다. 처음엔 치과를 무서워하던 아이도, 점차 시간이 흐르면 부모님의 손을 놓고 혼자서 씩씩하게 진료실로 들어옵니다.

두려움을 한 꺼풀 벗겨낸 어린이들은 그야말로 각자의 빛깔로 반짝입니다. 처음 치과 치료를 받는 동생의 손을 꼭 잡아주는 아이, 치과가 나오는 그림책을 꼭 끌어안고 오는 아이, 마취 주사를 먼저 요청하는 용감한 아이, 교정 치료를 받으며 매번 즐겁게 질문을 쏟아내는 아이… 저마다의 사랑스러움으로 빛나는 존재들입니다.

이 책 안에 제가 만난 어린이들을 비롯한 다양한 사람들의 이야기를 담고 싶었습니다. 그리고 여러분에게 조금이나마 도움이 되기를 바라는 마음에서 제 이야기도 함께 나누고자 했습니다.

이렇게 탄생한 《마음의 충치까지 치료합니다》에는 치과의사인 제가 환자들과 함께한 배움과 성장의 기록이 담겨 있습니다. 치과라는 공간에서 일어난 크고 작은 사건을 중심으로, '유치'에서 '영구치'로 성장해 가는 어린이들과 그 부모님, 치과 진료를 통해 스스로를 치유하고 앞으로 나아가는 사람들을 만나실 수 있습니다.

또한 치과와 관련된 궁금증을 풀어드리고자 '질문과 답변' 코너를 곁들였습니다. 환자와 보호자에게 자주 듣는 질문들에서 뽑은 것으로, 실질적인 도움이 되리라 기대합니다. 아울러 치과 전문 지식뿐 아니라 현장에서 체득한 육아와 자녀교육 문제도 담아보았습니다. 34편의 '작은 입속 큰 세상 이야기'가, 용기를 내야 하는 이들에게 다정한 응원으로 가 닿기를 바랍니다.

저의 부족한 글을 한 권의 책으로 완성해 주신 도서출판 오르골 박혜련 대표님께 깊이 감사드립니다. 제 글을 읽고 아낌없는 조언과 진심 어린 비평을 전해준 동료 치과의사들, 언제나 든든한 버팀목이 되어주는 치과 식구들, 그리고 치과를 찾아주시는 환자분들께도 감사의 마음을 전합니다.

마지막으로 저를 조용히 응원해 주는 가족들, 변함없이 곁을 지켜주는 남편과 저를 똑 닮은 사랑스러운 아들 강민이에게 무한한 사랑과 감사의 인사를 보냅니다.

2025년 가을

정유란

차례

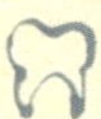  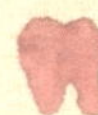  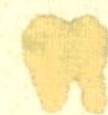

1장

아 한번 해보세요

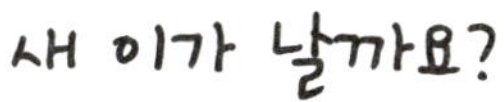

언제쯤 새 이가 날까요?

다시 태어나고 싶다, 다시 시작하고 싶다….

많은 이들이 한 번쯤 이런 생각을 하며 살아간다. 꼬여버린 실타래처럼 풀기 어려운 인간관계, 호랑이 등에 올라탄 줄도 모르고 대책 없이 시작했다가 망해가는 사업, 잘못 선택한 진로를 탓하며 방황과 음주로 보냈던 대학 생활 등, 다양한 고민 끝에 도달하는 지점 중 하나가 이처럼 시간을 되돌리고 싶다는 후회이다.

그러나 살아가면서 시간을 되돌리는 일, 기회비용 없이

똑같은 기회를 한 번 더 갖는 일은 불가능에 가깝다. 그런데 치과에서는 이 '두 번째 기회'를 잡는 행운을 심심찮게 볼 수 있다. 바로 유치가 빠지고 영구치가 나오는 시점이다.

"선생님, 우리 J는 언제쯤 앞니가 빠지고 새 이가 날까요?"

일곱 살 J는 아주 어려서부터 우리 치과에 다녔다. 유아기 우식증(영유아에게 빠른 속도로, 다수의 치아에 발생하는 충치)이 있어 소아치과 전문의에게 가볼 것을 권했지만, 지금까지도 우리 치과에서 정기검진을 받고 있다.

꾸준한 불소 도포와 어머니의 관심 덕분에 J의 충치가 급격히 진행되지는 않았지만, 까맣게 남아 있는 충치는 여전히 그 어머니의 눈에 밟히는 모양이다. 특히 내년이면 초등학교에 입학할 아들이 새하얀 앞니로 환하게 웃으며 새로운 친구들과 잘 지냈으면 하는 바람일 것이다.

J의 어머니가 아들에게 들리지 않을 만큼 작은 목소리로 말했다.

"J가 요즘 부쩍 앞니에 신경을 쓰는 느낌이에요. 사진 찍을 때 잘 웃지도 않고요."

어머니의 속상한 마음이 충분히 이해되면서도, '두 번째 기회'의 진실에 대해 이야기해야겠다는 생각이 들었다.

사람들이 두 번째 기회를 갈망하는 이유는 단시간 내 이루어지는 극적인 변화를 기대하기 때문이리라. J의 어머니도 아들의 썩은 유치가 빨리 빠지고 새 이가 나는 것에 막연한 환상을 품고 있다. 하지만 정말로 새 이가 나기만 하면 무조건 예쁘고 좋을까? J는 자신 있게 웃을 수 있을까?

유감스럽게도 대부분 그렇지 않다. 일반적으로 갓 올라온 영구치 앞니는 유치에 비해 훨씬 크고, 색도 노랗고 모양도 울퉁불퉁하다. 두 개의 영구치 앞니가 벌어져서 나오거나 돌출되어 보이는 경우도 흔하다. 그래서 오히려 유치 시절이 더 귀여웠다고 생각할지도 모른다.

경우에 따라 조기 교정 치료가 필요할 수도 있다. 그러나 정상교합인 어린이라도 영구치 앞니가 올라올 때 얼굴 골격과 조화를 이루지 못해 다소 부자연스러워 보이기도 한다. 얼굴 골격이 어느 정도 발달하고 다른 영구치도 나와 전체적인 균형이 잡히는 시기는 대략 11~13세 무렵이다. 그때까지는 이러한 부조화 역시 자연스러운 성장 과정으로 받아들이는 마음의 여유가 필요하다.

지금의 J를 위해 어른들이 해줄 수 있는 일은 무엇일까. 우선 J가 치아를 잘 관리하는 습관을 들일 수 있게 도와준다. 세심하게 양치하는 법, 알아서 간식을 조절하는 법 등을 가르치고 실천하도록 돕자는 얘기이다. 영구치가 늦게 나오면 오히려 좋다. 스스로 치아를 관리하는 능력을 갖출 때까지 시간적 여유가 생기기 때문이다. 또한 J가 앞니 때문에 심리적 스트레스를 받고 있다면 다른 활동으로 자존감을 채워준다. 세상과 소통하며 즐겁게 지내다 보면 어느새 쑥쑥 자라나서, 새 치아가 나오고 자리 잡을 때까지 넉넉한 마음으로 지켜볼 수 있을 것이다.

영유아 시절 충치나 치열 문제가 있었던 아이들이 중학생이 되어 오랜만에 치과를 찾을 때가 있다. 어려서는 3개월마다 치과에 오곤 했는데, 이제는 숙제하랴, 학원 다니랴 바빠서 1년에 한 번 보기도 어렵다.

흥미로운 점은 아이뿐 아니라 부모님도 자녀의 어린 시절 치과 고민을 잘 기억하지 못한다는 것이다.

"○○의 치아가 정말 예뻐졌네요?"

이렇게 말하면 그들은 고개를 갸웃거린다. 아마 요즘 이 아이와 부모님에게는 또 다른 고민거리가 많으리라. 학업, 진로, 교우 관계 등등. 어릴 적 도드라져 보이던 문제는 해결되었지만, 이제는 그런 문제가 있었다는 사실조차 기억할 틈 없이 또 새로운 문제가 생기는 게 인생이다.

두 번째 인생을 살게 된다고 해도 고민은 계속 생겨날 것이다. 인생에서 '모든 것이 만족스럽고 완전한 상태'는 존재하지 않는다. 따라서 실패를 겪은 뒤 '처음부터 다시 하고 싶다'고 생각하기보다 '지금부터 조금씩 바꿔보자'고 마음먹는 자세가 더욱 필요해 보인다. 이런 마음가짐 없이는 두 번째 인생을 산다고 해도 이전 생과 별다를 게 없을 테니.

극적인 변화에 대한 갈망은 내 인생의 함정이기도 했다. 유행하던 학습지를 신청하면 공부를 더 잘할 것 같아 사놓고는 풀지 않았던 일, 말도 안 되는 목표를 세우고는 실천이 어려울 것 같으니 금세 포기해 버렸던 일… 내 멋대로 기대하고 실망했을 뿐, 그 시절엔 어떤 '성장'도 없었다. 그때는 몰랐다. 나의 삶이 늘 고민과 고민 사이, 첫 번째 기회와 두 번째 기회 사이의 어느 지점에서 연속적으로 존재한다는 사실을.

아이의 못나 보이던 치아가 예쁘게 자리 잡으며 조금씩 성장하고 있는 이 시간. 자녀를 지켜보며 'J의 어머니'처럼 걱정하는 이들에게 전하고 싶다.

"자녀들이 좋은 습관을 익히고, 현재를 즐겁게 보낼 수 있도록 도와주세요."

A. 아이의 새로 나온 영구치가 누렇다고 놀라시는 부모님이 많습니다. 실제로 아이가 앞니를 대충 닦아서 누레지는 경우도 있지만, 대부분은 정상적인 현상이에요.

치아의 바깥 부분은 반투명한 '법랑질', 그 아래는 노란빛의 '상아질'로 이루어져 있습니다. 겉의 법랑질이 속을 비추기 때문에 전체 치아 색은 상아질의 영향을 받습니다.

영구치는 유치보다 상아질이 더 치밀하고 두꺼우며, 법랑질은 더 투명해서 누렇게 보입니다. 또 옆에 남은 하얀 유치와 대비되어 더 누렇게 느껴지기도 하지요.

하지만 시간이 지나 다른 영구치들이 나와 조화를 이루면 자연스러워집니다. 단, 충치나 외상으로 특정 치아가 어두워졌다면 치과 진료가 필요합니다.

50년 만의 스케일링

진료 의자에 앉은 중년 남성 환자의 뒷모습을 보며, 문득 치과와의 인연이 떠올랐다.

나는 어린 시절을 시골에서 보냈다. 그곳은 치과에 한번 가려면 버스를 타고 읍내까지 나가야 하는 오지였다. 흔들리는 유치도 당연히 집에서 뺐다. 할머니가 실을 걸어 뽑아주신 적도 있는데 꽤나 아팠다. 가끔은 전혀 모르고 밥을 먹다가 유치가 쏙 빠지기도 했다. 어린 마음에도 '이득'이란 생각이 들 만큼 기쁜 일이었다.

초등학교 2학년 때였던가. 같은 반 말썽꾸러기 남자아이 K로부터 치과에 다녀온 모험담(?)을 들었다. 나와 친구들은 윙 돌아가는 기계로 어금니에 구멍을 뚫는다는 이야기에 충격을 받았다. K가 치과에서 그렇게 무서운 치료를 받고 오다니! 아직 한글도 제대로 못 써서 선생님에게 매일 혼나던 그 아이가 다시 보일 정도였다.

그러다 열 살 무렵 내 입안에서 일대 사건이 벌어졌다. 유치 송곳니가 채 빠지지도 않았는데 영구치 송곳니가 나오며, 앞니가 덧니처럼 되어버린 것이다. 할머니가 유치 송곳니에 실을 걸려고 하셨지만, 바로 위 영구치 때문에 도무지 걸리지 않았다. 나는 실을 건네받아, 혼자 해보려 용을 썼다. 전날, 집안 어른 한 분이 내 치아를 보고 이렇게 말씀하셨기 때문이다.

"이건 안 빠지면 치과에 가야 할 것 같은데…"

그래서 그날 유치를 빼지 못하면 다음 날 당장 치과에 가야 한다는 공포심에 사로잡혔던 것이다. 안타깝게도 나는 발치에 실패했고, 결국 할머니에게 이끌려 읍내 치과를 찾았다.

그 치과는 읍내 시장통 2층에 있었다. 할머니의 치마를 꼭 붙잡고 좁은 계단을 올라가니 대기실은 이미 사람들로 빼곡했다. 쉴 새 없이 돌아가는 기계 소리, 사람들의 고함 소리…. 그중에서도 가장 무서웠던 것은 '진료 의자'였다. 아주 큰 의자가 덜덜거리며 저절로 움직이는 모습을 보니, 전래 동화 속 귀신이라도 튀어나올 듯했다.

간호사님이 내 이름을 불렀지만 나는 끝까지 진료 의자에 앉지 않겠다며 고집을 부렸다. 그러다 결국 할머니 무릎에 앉아 발버둥 치며 유치를 뽑아야 했다.

추억에 잠겼던 나는 이내 현실로 돌아왔다. 진료 의자만 봐도 기겁했던 꼬마가, 어느덧 담담한 표정으로 환자에게 인사를 건네는 치과의사가 되었다니. 실로 놀라운 일이 아닌가.

"안녕하세요? 많이 불편하셨지요?"

중년 환자는 하고 싶은 말이 많은 표정을 지었다. 만약 내가 "괜찮으셨어요?"라고 물었다면 화를 냈을지도 모른다. 그러나 치과의사인 내가 자신의 고통에 공감하며 인사를 건네자, 그는 잠시 머뭇거리더니 조심스럽게 말했다.

"많이 아플 거라고는 하셨지만, 상상 이상이었습니다."

"네, 오랫동안 잇몸에 쌓였던 치석을 제거한 터라 아프실 수밖에 없었어요. 지금부터는 꾸준히 잇몸 관리를 해주셔야 해요. 오늘은 말씀드렸다시피 잇몸 치료를 해드릴 거예요. 잇몸 치료는…."

나는 환자의 잇몸에 마취를 한 뒤 잠깐 원장실로 들어왔다. 진료실에서 환자가 우리 직원에게 무언가 질문하는 소리가 어렴풋이 들려왔다. 궁금한 내용이 많았던 모양이다.

이 환자는 50년 동안 치아 건강만큼은 자부하며 살아왔다고 했다. 또 하루 세 번 꼬박꼬박 양치를 했더니 그 흔한 충치 하나 생기지 않아 아말감(amalgam) 치료도 받아본 적이 없다고. 마흔 줄에 들어선 이후 가끔 잇몸에서 피가 났지만 소금물로 가글하면 다음 날 말끔히 나았다면서 말이다.

그러던 어느 날, 위쪽 맨 끝 어금니 잇몸에 혹이 생겼는데 도무지 가라앉질 않았다. 그래서 회사 근처 치과에 갔더니, 어금니를 뽑아야 한다고 했단다. 그는 '말로만 듣던 치과의 상술이구나' 싶어 불같이 화를 내고 나온 뒤 몇 군데 치과를 전전하다가, 이웃의 추천으로 우리 치과를 찾게 된 것이다.

나에게도 이 환자처럼 스스로 '건치'라고 생각하며 살아온 시간이 있었다. 시골에서 다닌 초등학교, 중학교 때도 학교 검진에서 충치가 있다는 소리를 들은 적이 없다. 도회지의 고등학교로 유학을 간 뒤 구강검진을 받았을 때 역시 충치는 '영(0) 개'였다. 나의 유년 시절과 청소년 시절을 통틀어 치과 방문은 어릴 적 유치 송곳니를 뽑으러 갔던 '그날'이 유일했다.

치과대학에 들어간 후로도 딱히 치통을 느낀 적이 없어, 치과에 가지 않았다. 하지만 예과 2학년 때 동아리 레지던트 선배가 있는 모교 치과병원에서 검진을 받았는데, 결과는 뜻밖이었다. 보이지 않는 충치가 네 개나 있었기 때문이다. 게다가 사랑니도 네 개 다 나와 있었고, 발치를 하는 편이 낫겠다는 소견까지 들었다.

처음에는 충격이 컸지만, 좀 더 생각해 보니 충치가 생길 만도 했다. 성인이 되고 나서는 달달한 커피를 즐겨 마신 데다, 술을 마시고 기숙사에 늦게 들어가면 씻기는커녕 양치질도 안 한 채 잠드는 날이 많았다. 나는 곧장 그 선배에게 치료를 받았고, 이후 규칙적인 양치질과 더불어 치실도 사용했다. 나의 사랑니들은 대학 재학 중 선배들과 동기들의 발치 실습 대상이 되어, 차례차례 순탄한 작별을 고했다.

만약 내가 치과대학을 다니지 않았더라면 어땠을까. 어쩌면 지금까지도 충치 치료는 물론 사랑니도 빼지 않았을지 모른다. 어렸을 때 단 한 번 방문했던 치과의 강렬한 인상이 뇌리에 박혀, '치과는 무서운 곳'이라며 기피했을 테니까. 나를 치과의사로 만들어준 운명, 그리고 그 운명이 맺어준 인연 덕분에 겁쟁이인 내가 치과 문제 없이 살아가고 있는 것이다.

지금, 익숙하지 않은 진료 의자에 앉아 이것저것 묻고 있는 환자는 안타깝게도 치과와 인연이 없었다. 그래서 방문 기회를 놓쳤고, 뒤늦게 직접 치과를 찾아다녀야 했다. 우리 치과에서 치료를 받게 되었지만 결코 내가 설명을 잘해서, 혹은 신뢰감을 주어서가 아니다. 아마 환자 자신도 치료의 필요성을 어렴풋이 알고 있었을 것이다. 많은 치과의사들이 이구동성으로 "문제가 많다"라고 했을 테니 말이다.

환자는 이제야 본인의 구강 건강 상태를 받아들일 준비가 되었고, 치료의 첫 단계인 스케일링을 마쳤을 뿐이다. 50년 만에 처음 받은 스케일링, 얼마나 아팠겠는가. 앞으로도 그가 받아야 할 아픈 치료 과정은 많이 남아 있다. 또한 스스로 생활 습관도 바꿔야 한다.

쉽지가 않다. 치료하는 사람도, 치료받는 사람도. 치료받는 사람은 낯선 감각과 통증을 견뎌내야 하고, 치료하는 사람은 정확한 시행은 물론 어린이에게 설명하듯 하나하나 알려주어야 한다. 또한 내가 그렇게 노력해도, 이 환자가 불같이 화를 내며 진료실을 나가버릴 가능성도 있다.

만약 그런 불편한 일이 생긴다면, 나는 다시 '인연'이라는 단어를 떠올리고자 한다. 먼저 인연을 맺은 사람이, 아직 인연을 맺지 못한 사람에게 손을 내밀고 길을 안내하는 것은 당연한 일일 테니.

가끔 치과의사로서 스트레스를 받거나 힘이 들 때면, 치과와의 인연으로 얻게 된 것들을 생각해 본다. 조금 유치하지만, 치대에 진학하지 않았더라면 지금까지도 입안에 남

아 썩고 있었을 '나의 사랑니들'을 상상한다. 환자로서의 고
통보다야 의사로서의 고뇌가 낫지 않은가.

A. 사랑니라고 해서 모두 발치해야 하는 건 아닙니다. 곧게 나와 위 치아와 잘 맞물리고 양치질할 때 칫솔이 닿는다면, 소중한 어금니로서 그대로 두어도 됩니다. 또한 사랑니가 잇몸 속에 깊이 묻혀 있어 염증 위험이 낮다면 뽑지 않아도 괜찮아요.

하지만 사랑니가 비정상적인 방향으로 자라 옆 치아를 압박하거나, 음식물이 자주 끼고 잇몸 염증이 반복된다면 발치를 권합니다. 사랑니나 그 옆 치아에 충치가 생길 가능성이 있을 때도 마찬가지입니다.

나이도 중요한 요소입니다. 30대 후반 이후에는 잇몸 뼈가 점차 단단해져 발치가 어려워지고, 회복도 느려질 수 있으니까요. 따라서 문제가 예상된다면 더 늦기 전에 사랑니를 뽑는 편이 좋습니다. 반대로 증상이 전혀 없다면 정기검진과 엑스레이 촬영으로 꾸준히 확인하세요.

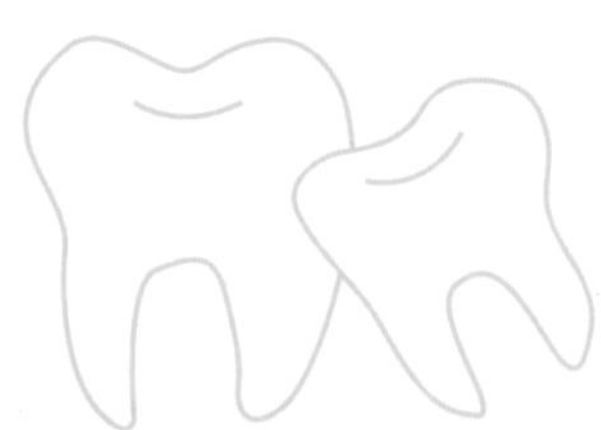

치과에서 우는 아이가 줄어든 이유

우리 치과에 온 아이들은 데스크에서 접수를 하고 기다리다가, "○○○ 어린이, 들어오세요" 하고 직원이 호명하면 소아진료실로 들어온다. 내 방(원장실)은 소아진료실과 얇은 벽 한 칸을 사이에 두고 있어, 아이들의 인기척이 가까워지면 나도 모르게 귀를 기울이게 된다.

"우와 피카츄다. 고양이 인형도 있어요!"라며 소아진료실에 감탄하는 아이도 있고, "엄마, 오늘은 이 뽑기 싫어요!"라며 복도에 주저앉아 무작정 떼를 쓰는 아이도 있다. 늘 비슷한 하루하루를 살아가는 나에게 이처럼 다양한 아이들을 만나는 일은 꽤나 즐겁다. 그래서 소아진료실로 걸어오는 아이들의 발자국 소리가 총총총 들려올 때마다 '오늘은 또 어떤 아이가 왔을까?' 하며 내 눈과 귀, 모든 감각이 문밖으로 향한다.

원래 치과에서 아이들과 만나는 것을 좋아하는 편은 아니었다. 15년 전쯤, 서울에서 페이닥터로 일하던 시기에는 어린이 환자가 정말 많았다. 우는 아이들을 신체적으로 속박한 뒤 치료하는 경우가 흔했기 때문에 늘 부담이 되었다. 더구나 예약도 상당히 밀려 있어서 아이들을 달래보려는 시도조차 하기 힘들었다.

그 당시 어린이 환자 한 명을 치료하고 커피를 한 모금 마시고 있노라면, 다음 환자가 왔다는 콜이 온다. 커피를 내려놓고 부랴부랴 다시 진료실로 나간다. 이미 다음 어린이가 진료 의자에 묶여 개구기(입을 강제로 벌려주는 기구)를 낀 채 나를 기다리고 있다. 아이와 인사 한마디 나누지 못하고 진료를 시작한다. 그렇게 또다시 정신없이 진료를 마치고 돌아오면 종이컵 속의 커피는 식어 있었다.

그럴 때마다 진료실에서 만난 아이들의 차가운 손과 발이 떠올랐다. 아이들뿐인가. 아이가 움직이지 못하도록 누르고 있던 직원들의 지친 표정과 허리를 두드리던 모습, 아이를 안고 달래던 어머니, 지쳐 있던 나 자신까지.

그래도 가장 마음에 걸리는 건 눈이 빨갛게 퉁퉁 부은 채 끝까지 나와 눈도 마주치지 않던 어린이 환자였다. 진료실에 있던 사람들 가운데 표정이 밝았던 이는 한 명도 없었다. 진료에 대한 회의감이 들었다. 신체 속박 장비를 동원한 치과 치료는 다른 대안이 없을 때만 사용해야 하는 것이 아닌가 싶기도 했다.

치과에서 아이들을 달래기 위한 행동조절 요법 중에 'TSD'라는 고전적인 방법이 있다. 'Tell(말), Show(시범), Do(시행)'의 단계로 이루어지는데, 그 내용은 아주 간단하다. 치아에 갑자기 물이 닿으면 아이는 깜짝 놀라 울음을 터뜨릴 것이다. 그래서 놀라지 않게 우선 물이 나오는 기구를 사용할 거라고 설명한 다음(Tell), 아이의 손바닥에 기구로 물을 한 번 뿌려 보여준다(Show). 그리고 마지막으로 "봐, 하나도 안 무섭지?"라는 멘트와 함께 아이에게 '아' 해보라고 한 뒤 천천히 물을 뿌리는 것이다(Do).

TSD기법은 간단히 주고받는 대화만 가능하면 만 3세 어린이에게도 통한다. 생각보다 정말 효과가 좋다. 그러나 그당시 내가 근무했던 치과는 어린이 환자가 너무 많아 TSD기법을 시도할 시간적 여유조차 없었다. 그래서 어린이 환자가 오면 '오늘은 또 얼마나 울까?' 하는 부정적인 생각이 먼저 떠올라 적잖이 스트레스를 받았다.

그러다 마침내 어린이 환자 스트레스는 '개원'과 함께 사라졌다. 물론 지금은 다른 문제들 때문에 스트레스를 받고 있지만, 여하튼 진료는 내가 원하는 방식대로 할 수 있게 되었다. 우리 치과에서는 속박 치료를 거의 시행하지 않는다. 소아진료실 진료 의자에 아이들을 묶을 수 있는 패드가 달려 있긴 하나 사용한 적은 극히 드물다.

"치료할 때 아이들이 울면 많이 힘들지 않으세요?"

얼마 전 지인이 이렇게 물어왔다. 다른 치과에 진료를 받으러 갔는데, 옆에서 치료받던 아이가 하도 울어서 원장님이 너무 힘들어 보였다는 것이다. 그 질문을 받고 나의 생각은 좀 엉뚱한 방향으로 흘렀다.

‘그러고 보니, 요즘은 우는 아이들이 별로 없네?’

물론 최근 치과에 왔던 어린이 환자들 중 울었던 아이는 있었다. 치과 문을 열고 들어오기 전부터 울고 있던 아이 한 명, 유치를 뽑은 뒤 솜에 묻은 피가 무서워 눈물 흘린 아이 한 명. 이처럼 우는 아이를 손에 꼽을 만큼 우리 치과에서 아이 울음소리가 사라진 데는 이유가 있다.

일단 요즘에는 겁이 많거나 충치가 많은 어린이들은 대부분 소아치과 전문의가 있는 치과병원을 찾아간다. 소아치과 전문의들은 어린이들에게 친근하며 빠르고 능숙하게 치료할 뿐 아니라, 웃음가스나 진정치료 같은 다양한 선택지도 가지고 있다. 두 번째 이유는 어린이의 수 자체가 줄었기 때문이다. 아이들이 줄었으니 그만큼 우는 아이들도 자연히 줄어든 것이다.

이 두 가지 이유는 서로 영향을 미치기도 한다. 아이들이 많았던 예전에는 언제, 어느 치과를 가도 한 명쯤은 꼭 울고 있었다. 그래서 ‘치과는 아이 울음소리로 시끄러운 곳’이라는 이미지가 생겨, 어머니들도 부담 없이 일반 치과에 아이를 데리고 다녔다. 하지만 지금은 어린이 수는 줄고 치과 수는 늘어나면서 일반 치과의 분위기는 대부분 정숙하고 차분해졌다. 그 결과 '우는 아이들은 소아치과로 가야 한다'는 사회적 인식이 더욱 강해진 것 같다.

덕분에 나도 요즘에는 여유가 생겨 대부분의 치료를 TSD기법, 즉 어린이에게 설명하고, 보여주고, 천천히 시도하는 방식대로 한다. 어린이 환자가 줄면서 각각의 치료에 조금 더 시간을 투자할 수 있게 되었고, 이는 우리 치과에서 우는 아이가 줄어든 또 하나의 이유가 되었다.

개원하고 시간이 흐르면서 생긴 또 다른 변화들. 방과 후 혼자 시내버스를 타고 꽤 먼 거리를 달려오는 단골 어린이 환자가 생겼고, 밖에서 마주치면 반갑게 인사하며 아는 척하는 아이들도 늘었다. 아울러 나는 한 아이의 엄마가 되었다. 이제는 아이 다루는 일이 제법 능숙해져, 우는 아이도 예전보다 잘 달랠 수 있다. 아이들도 나에게 호의를 보인다. 그런데 아이러니하게도 우는 아이들을 대하는 마음의 준비와 역량이 갖추어지니 아이들이 울지를 않는다.

가끔은 그립기도 하다. 치과에서 아이들이 울고 있으면 지나가던 어른 환자들이 한 번씩 어르고 달래주던 그때가.

언젠가 모교 초등학교를 방문했을 때 비어 있는 그네를 보며 쓸쓸함을 느꼈던 적이 있다. 더 이상 아이들의 울음소리가 들리지 않는 치과는 마치 그때의 텅 빈 운동장 같다.

나는 오늘도 따뜻한 커피를 한 모금 마시며 소아진료실로 걸어오는 아이들의 발자국 소리를 기다린다. 총총총총총….

Q. 선생님은 왜 웃음가스 치료를 하지 않으세요?

A. 자주 듣는 질문 중 하나입니다. 다니던 치과에서 웃음가스 치료까지 계속 받을 수 있다면 좋겠지만, 현실적으로는 쉽지 않습니다. 우리 치과를 믿고 찾아오신 환자분을 다른 곳으로 보낼 때마다 제 마음도 편하진 않답니다.

하지만 웃음가스 치료는 장비만 갖춘다고 바로 시작할 수 있는 게 아닙니다. 개원 전부터 가스 공급과 환기 시스템이 설계에 포함되어야 하고, 치료 중에는 환자 상태를 실시간으로 모니터링할 인력과 응급 장비가 필요합니다. 정기적인 교육과 비상 상황에 대비한 훈련도 필수입니다.

이 모든 조건을 일반 치과에서 갖추기는 사실상 어렵습니다. 그래서 저는 환자분에게 웃음가스 및 진정치료가 꼭 필요한 경우에는, 그 치료가 가능한 치과로 안내해 드립니다. 환자분이 보다 안전하고 편안하게 치료받으시는 것이 최우선이니까요.

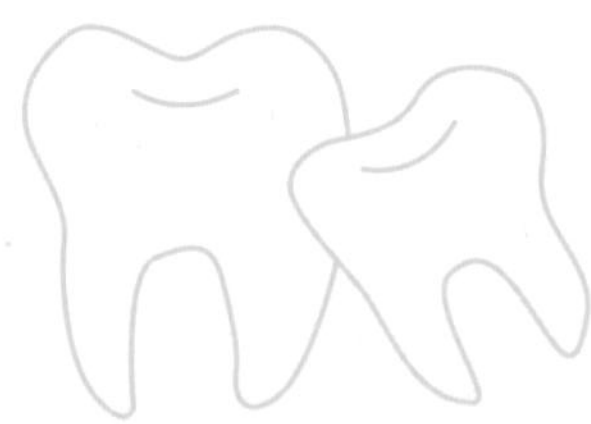

연습하고 와도
될까요?

Y는 생후 11개월에 우리 치과를 처음 방문했다. 돌도 안 된 아기가 치과에 오는 것은 드문 일이다. 소아진료실에 가보니 정말 작은 아기가 진료 의자에 누워 어머니의 손을 잡고 있었다. 그 옆 쌍둥이용 유아차에는 귀여운 아기가 한 명 더 앉아 있었고, 의젓한 첫째 딸도 함께 있었다. 동생을 달래며 나에게 인사한 첫째 딸도 아주 어린 시절부터 우리 치과를 다녔다.

세 딸의 어머니는 육아로 지친 얼굴이었으나 치과에 온

이유를 조곤조곤 설명했다. 예정일보다 빨리 태어난 쌍둥이 Y와 G는 발달이 조금 느린 편이었고, 특히 Y는 10개월이 지나서야 유치가 나기 시작했단다. 그중 위쪽 유치 앞니가 갈색이고 위치도 좋지 않아 보여 내원했다는 것이다.

검진 결과, 그 어머니의 표현대로 Y의 앞니에는 갈색의 큰 결손 부위가 있었다. 이는 '법랑질 저형성증(Enamel Hypoplasia)'이라 불리는 증상이며, 조산으로 태어난 저체중 아기들에게서 가끔 나타난다. 물론 다른 원인 때문에 생길 수도 있다. 법랑질 저형성증은 치아의 표면을 덮고 있는 법랑질이 석회화와 성숙 과정을 거치지 못해 불규칙한 결손부가 생기는 것이다. 일단 Y의 경우는 주기적으로 검진하며 지켜보기로 했다. 아울러 해당 치아의 위치도 자연스럽지 않아 추후 개선 여부를 확인하기로 했다.

이후 Y는 검진을 몇 번 더 받았다. 두 돌 조금 지나자 해당 유치는 놀랍게도 정상에 가까운 색과 형태를 되찾았다. 출생 전에 어떤 이유로 지연되었던 치아의 석회화 과정이 생후 재개된 것이다. 아기의 성장과 발육은 참 놀랍다. 가끔 6~7세 어린이들의 영구치 앞니나 어금니에서도 법랑질 저

형성중이 나타난다. 그러나 이 시기에는 치아에 인위적으로 불소를 도포해도 유아기 때만큼 효과를 거두기 어렵다.

이제 세 살을 갓 넘긴 귀여운 쌍둥이들은 잘 웃고 잘 뛰어다닌다. 그전에는 개월 수에 비해 약간 작고 얌전한 편이었는데, 이제는 한눈에 봐도 활발한 세 살 아기들이다. Y와 쌍둥이 자매인 G는 얼마 전 우리 치과에서 충치 치료도 잘 받았다.

G의 유치 어금니에 충치가 한 개 생겨 치료가 필요하다고 하자, 그 어머니는 이렇게 답했다.

"원장님, 오늘 치료받기는 조금 힘들 것 같고요…."

내가 다음에 와서 치료받으셔도 된다고 말하려는데, 놀라운 질문이 이어졌다.

"집에서 연습하고 와도 될까요?"

연습! 눈이 번쩍 뜨일 정도로 좋은 말이다. 내가 가장 좋아하는 단어이기도 하고. 이 단어를 치과에 온 보호자의 입에서 듣게 될 줄이야.

집에서 아이와 함께 '치과 연습'을 하고 오겠다는 뜻이다. 병원 놀이를 하는 것처럼, "누우세요"부터 시작해 "아~ 하세요”를 한 다음 바람도 불고 물도 칙칙 뿌려보고 “퉤 하세요”도 해보고. 내가 기꺼워하는 반응을 보이자, 쌍둥이의 어머니는 더 적극적으로 물었다.

“구체적으로 어떤 걸 연습하면 될까요?”

나는 몇 가지 방법을 알려주었다. 약 한 달 뒤 다시 만난 G는 혼자서 씩씩하게 피카츄 인형을 안고 진료 의자에 누워 있었다. 바로 옆에 서 있던 쌍둥이 자매 Y의 표정은 왠지 조금 부러워하는 듯했다. G는 처음부터 끝까지 평온하게 치료를 마쳤다. 이는 어쩌면 당연한 결과였다.

사람들은 보통 ‘연습’을 귀찮아한다. 남들도 다 하니까 자기도 잘할 거라 여기며 바로 ‘실전’에 뛰어드는 경우가 많다. 물론 실전에서 바로 잘하는 사람들도 있다. 그런데 누구나 그런 것은 아니다. 특히 나이를 먹을수록 좌절의 빈도는 높아진다.

연습하는 습관은 하루아침에 만들어지지 않는다. 다른 사람들은 연습을 하지 않아도 잘하는 듯 보이는데, 나만 연습을 한다는 것은 스스로 부족함을 인정해야 가능한 일이다. 나에게도 한때 연습과 담을 쌓고 살던 시절이 있었다.

예전의 나는 늘 내 머리와 순발력을 과대평가했다. 그러다 '연습의 묘미'를 알게 된 것은 치과의사가 된 이후였다. 당시 새내기 치과의사였던 나는 선배 치과의사들보다 실력이 부족했다. 그 사실을 인정하고 나니, 텅 빈 치과에 홀로 남아 공부하는 일이 아무렇지 않았다. 발치된 치아를 깎아보고, 치아 그림을 그려보기도 했다. 또한 환자들에게 설명할 내용도 미리 노트에 정리해 보았다.

성과는 곧바로 나타났다. 치료 결과가 좋아지고 환자들과의 소통이 더 자연스러워졌다. 진료 시간에 발생할 수 있는 여러 가지 변수에도 대비가 되어, 마음이 한결 여유로웠다. 나는 연습하는 습관을 치과 바깥으로 확장해 나갔다. 덕분에 내 삶은 더욱 바빠졌지만 유의미한 성과들이 생기기 시작했다. 지금은 '어렸을 때부터 연습하는 습관을 들였다면 더 좋았을 텐데' 하고 아쉬워할 정도이다.

Y와 G는 어머니 덕분에 아주 어려서부터 연습을 배우게 된 셈이다. 그것도 귀찮고 힘든 일이 아니라 어머니와 함께 재미있는 치과 놀이를 하면서 말이다. 게다가 연습한 대로 치료를 잘 마치고는 선생님들과 어머니에게서 폭풍 같은

칭찬까지 받았다. 이들은 앞으로 무언가 할 때마다 연습을 하자고 하면 긍정적으로 반응할 가능성이 크다.

쌍둥이의 어머니는 조금 일찍 태어난, 조금 느린 아기들을 그들만의 속도에 맞춰 천천히 키워온 것 같다. 다른 아기들의 속도와 비교하는 순간, '연습'을 하기는 힘들었을 테니까. 그녀는 "다른 아기들도 다 하는 거야. 너도 잘할 수 있어. 파이팅!" 하며 자녀들을 곧바로 실전에 투입할 수도 있었다. 그러나 그렇게 하지 않았다. 앞서 말한 방법은 잘만 되면 멋지고 긍정적인 결과를 가져오지만, 자칫하면 아이에게 심리적인 불안감을 심어줄 수 있다. 아이가 어머니의 기대에 부응하기 위해 억지로 용기를 짜냈으나, 마음 한구석에는 '엄마가 다음에 또 갑자기 이런 걸 시킬지도 몰라'라는 불안감이 싹트기 때문이다.

반면에 쌍둥이의 어머니처럼 "우리는 다음에 하자. 집에서 먼저 한 번 해보고 오면 더 쉬울 거야"라고 말해 준다면 아이의 마음이 얼마나 든든하겠는가. 이것은 조금 돌아가도 아무런 문제가 없다고, 사람은 다 달라서 저마다 필요한 연습이 따로 있다고 계속해서 타일러 주는 것과 같다.

어린 시절부터 연습을 권하는 어머니와 함께하는 아이들은 어떻게 성장하게 될까. 나는 감사하게도 이들 세 자매와 주기적으로 만나는 기회를 계속 가질 듯하다. 치과는 환자를 치료하는 곳이자, 환자의 변화를 관찰하며 응원을 보내는 장소이다. 부디 세 자매가 앞으로도 본인들의 속도에 맞춰 함께 천천히, 그러나 원하는 곳까지 갈 수 있기를 바란다.

A. 세 돌이라면 충분히 불소 도포가 가능합니다. 요즘 치과에서 사용하는 불소는 치아에 바르는 끈적끈적한 바니시(varnish) 형태로, 치약 속 불소보다 훨씬 고농도입니다. 그래서 불소 도포 후 1시간 정도는 침을 삼키지 말고 뱉어내야 해요. 이때 아이가 '침을 퉤 뱉는 동작'을 지시에 따라 할 수 있다면 불소 도포를 받을 수 있습니다.

보통 생후 24~40개월부터 시행하며, 충치 위험성이 높은 경우에는 두 돌 이전에 하기도 합니다. 도포 간격은 충치 위험성과 아이의 협조 정도에 따라 3~6개월에 한 번 정도가 적당합니다.

물론 불소 도포만으로 충치를 완전히 예방할 수는 없습니다. 하지만 양치질이 서툰 이 시기의 아이에게는 안전하고 효과적인 방법이에요.

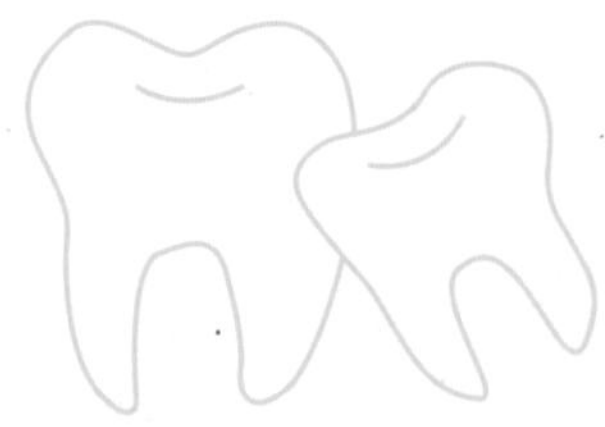

저도 영구치가 하나 없어요

아주 젊은 어머니가 어린 딸을 데리고 치과에 왔다. 화사한 꽃무늬 원피스를 커플 룩으로 입은 멋쟁이 모녀는, 소아진료실에 들어올 때도 손을 꼭 잡고 있을 정도로 친밀해 보였다. 딸 N은 일곱 살이었고, 어머니는 20대 같았다. 어머니는 딸아이에게 영구치가 한 개 없어서 해당 유치 어금니를 어른이 될 때까지 써야 하는데, 벌써 그 이가 썩은 것 같다고 말했다.

검사 결과, N의 유치 어금니는 이미 여러 번 치료를 받은 상태였고, 그 주변에 다시 충치가 생겨 크라운 치료가 필요했다. N의 어머니는 본인도 크라운을 씌워줄 생각으로 치과에 왔다며, 치료를 진행해 달라고 부탁했다. 성인에게 크라운 치료를 할 때는 치아를 발치하고 본을 뜨거나 스캔한 뒤 정밀하게 맞춤 크라운을 제작한다. 하지만 어린이의 경우에는 비교적 방법이 간단하고 가성비가 좋은 기성 은니를 많이 사용한다.

N은 조금 무서워했지만, 마취 주사부터 은니 접착까지 어머니의 손을 잡고 씩씩하게 치료를 받았다. 내가 치료를 끝내고 자리에서 일어나려 할 때 어머니가 말을 걸어왔다.

"선생님, 사실은 저도 영구치가 하나 없어요."

그녀도 딸과 같은 위치에 영구치가 없다고 했다. 그래서 현재까지 유치 어금니가 한 개 남아 있다는 것이었다. 공교롭게도 N처럼 은니 치료를 받은 상태였다. 치료 당시 의사로부터 나중에 성인이 되면 은니는 발치하고 임플란트를 하는 게 나을 거라는 설명을 들었다고 했다. 사실 몇 년 전부터 그 은니가 흔들리고 불편해서 치과에 가야 한다고 생각했지만, 발치와 임플란트에 대한 두려움 때문에 미뤘단다. 어린 시절 은니 치료 당시에도 겁이 나서 울음을 터뜨리는 바람에 일반 치과에서는 못 하고, 결국 대학병원까지 갔다는 얘기를 덧붙였다.

그랬기에 딸인 N이 자신을 닮아 영구치가 한 개 없다는 사실을 알았을 때 많이 속상했단다. 그런데 어릴 적 자신과 다르게 딸이 치료를 잘 받는 모습을 지켜보며 용기가 생겼다고 했다. 또한 영구치가 없다는 소리를 듣고 걱정할 자신의 어린 딸에게, 치아가 한 개 부족해도 잘 살아가는 모습을 보여주고 싶다는 것이었다.

그로부터 며칠 뒤 N의 어머니는 다시 내원하여 발치와 임플란트 시술을 받았다. 약 3개월 뒤에 예쁜 치아 색 크라운을 접착하며 치료를 마무리했다. 치료 마지막 날, 이 젊은 어머니는 대기실 의자에 앉아 새로 접착한 치아를 딸에게 보여주었다. 이런 이야기도 함께 들려주지 않았을까.

"너도 나중에 어른이 되면 이렇게 예쁜 치아가 생길 거야."

'자식은 부모의 거울'이라는 말이 있다. 외모나 성격은 물론 치아 상태까지 닮은 N 모녀를 보면 이 말이 실감난다. 이 말에는, 부모는 자식을 통해 어린 시절의 자신과 마주하게 된다는 뜻도 담겨 있다.

물론 아이를 꼭 낳아야 한다고 생각하지는 않는다. 그러나 아이를 출산하고 양육하며 자신의 과거를 되돌아볼 수 있다는 것은 인생에서 흔치 않은 기회임이 분명하다. 과거를 긍정적으로 되짚어 보는 과정은 앞으로의 삶을 탄탄하게 다지는 토대가 된다. N의 어머니가 딸이 치료받는 모습을 지켜보며 자신의 어린 시절을 떠올리고, 미루던 치과 치료를 받기로 결심한 것처럼 말이다.

나도 어린 아들을 키우며 수시로 '과거의 나'와 만난다. 예전에 부모님이 왜 그런 잔소리를 하셨는지, 나의 나쁜 습관이 언제부터 생겼는지, 어렸을 때 왜 그런 실수를 했는지 곱씹게 된다. 어린 시절의 나는 미숙했지만 선의가 넘치고 유쾌한 아이였다. 단점도 많았고, 그것을 극복하지는 못했어도 나름대로 잘 살아왔다. '지금의 나'는 내 주변 사람들과 환경, 그리고 나 자신이 타협하여 빚어낸 최선의 결과이다.

과거의 나를 긍정하게 되면서 미래를 상상하고 계획하

는 일이 즐거워졌다. 멋모르고도 그럭저럭 잘 살아왔으니, 지금부터 미래를 대비하면 뭐든 해낼 수 있지 않을까. 예전의 내가 무작정 흙을 쌓아 집을 지었다면, 지금의 나는 그 흙을 조금씩 걷어내며 집터를 단단히 다지는 중이다. 애써 모른 척하고 덮어버렸던 취약한 부분도 되짚으며, 튼튼한 기반 위에 새로운 집을 짓기 위해 준비한다. 앞으로는 어떤 집이든 더 멋지게 지어보리라.

아이는 부모의 거울이자, 때로는 세상의 어른들을 비추는 거울이기도 하다. 어린 아들을 유아차에 태우고 산책을 나가면 많은 이들의 시선이 머문다. 아들을 바라보며 웃어주는 이도 있고, 아들과 눈을 맞추며 "안녕?" 하고 인사하는 이도 있다. 또 몇 개월이냐고 다정하게 묻기도 한다.

대부분 아이를 키워본 사람들이다. 세 돌 채 안 되었다고 대답하면, 다음과 같은 반응들을 보이며 끝까지 눈을 떼지 못한다.

"아유~ 한창 예쁠 때네. 어쩐지 예쁘더라."

"나도 아들이 하나 있는데, 이제 중학생이거든요. 사춘기가 되면 하나도 안 예뻐요. 얼마나 미운지 몰라. 그러니까

지금 많이 놀아주고 예뻐해 줘요."

아마 자신이 어린아이를 키우던 시절을 떠올리고 있는 것이리라. 작고 사랑스러웠던 아이, 그 소중한 기억과 당시의 마음을 되짚어 보면 지금 사춘기 아들의 정서적 방황도 조금 더 너그럽게 받아들일 수 있을 것이다.

나도 치과에서 만난 아이들을 통해 때로는 과거를, 때로는 미래를 들여다본다. N 모녀처럼 친밀한 가족을 만나면 나도 저렇게 아들과 친하게 지내고 싶다는 소망을 품어본다. 또 이를 안 뽑겠다며 울고불고하는 아이를 만나면 어린 시절의 나를 떠올리며 최대한 인내심을 발휘해 본다.

이렇듯 아이들은 단절된 시간과 시간, 사람과 사람 사이를 이어주는 작은 고리 같다. 흩어진 조각들을 하나로 부드럽게 연결해 주거나, 고리와 고리가 맞물려 단단한 사슬이 되기도 한다. 나는 아이들과의 만남 덕분에 연결 고리를 하나씩 만들어가는 중이다. 그 아이는 나의 아이이기도 하고 세상의 아이이기도 하다. 이렇게 쌓이고 쌓인 연결 고리 속에서 나는 좀 더 부드럽고 단단해질 것이다.

A. 유치는 생후 6개월경부터 나오기 시작해 만 3세 정도면 모두 나옵니다. 위쪽과 아래쪽이 각각 10개씩, 총 20개입니다. 영구치는 보통 만 6세 전후에 나오기 시작해 만 12~13세면 다 나옵니다. 총 28개이며, 사랑니(제3대구치)는 제외한 숫자입니다.

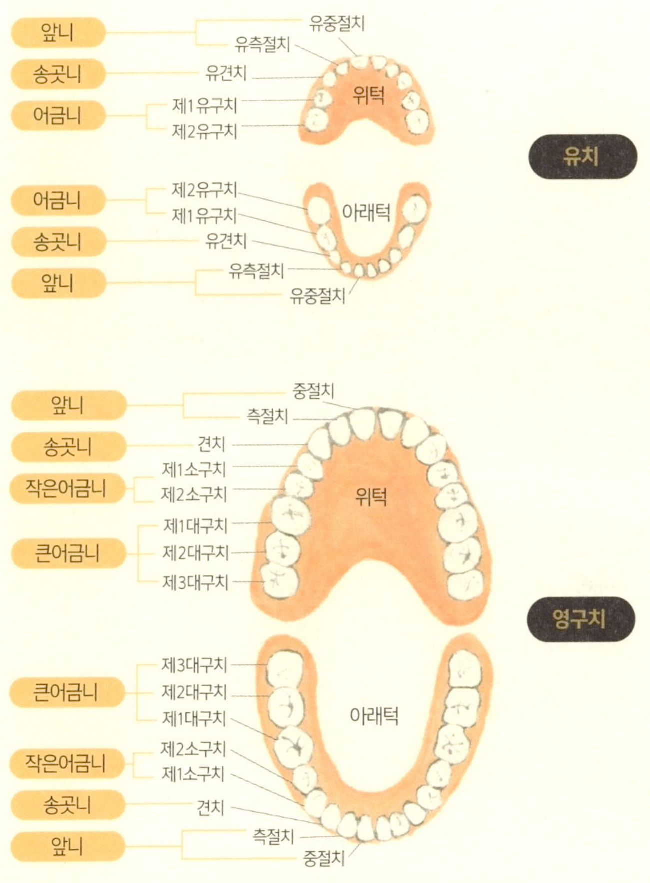

치과의사 선생님으로
산다는 것

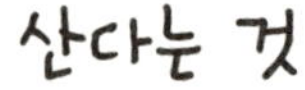

나는 요즘 피아노 학원에 다니고 있다. 어렸을 때부터 피아노를 배우고 싶었지만, 시골에서 자란 탓에 기회가 없었다. 아들을 출산하고 나이 마흔이 넘어서야 비로소 뜻을 이루었다.

피아노 학원의 레슨실에는 커다란 그랜드 피아노가 놓여 있다. 피아노 의자에 앉아 건반을 바라보니 초등학교 때 풍경이 떠오른다. 풍금을 연주하시던 담임 선생님의 뒷모습과, 페달을 밟을 때마다 찌그덕 소리가 나던 낡은 교실 바닥. 담임 선생님은 뒤에서 지켜보던 내게 나중에라도 피아노를 꼭 배우라고 말씀하셨다.

회상에 잠겨 있던 나를 피아노 학원 선생님의 밝은 목소리가 깨운다.

"안녕하세요? 연습 많이 해 오셨어요?"

나는 웃으며 대답했다.

"그냥 시간 되는 대로만 틈틈이…"

사실 나름대로 열심히 연습했지만, 그렇게 말하자니 내 실력이 초라해 보였다. 선생님은 지난주에 배웠던 부분을 한번 연주해 보라고 했다.

나는 학생의 자세로 돌아가 어깨를 펴고 긴장한 손가락을 건반 위에 올린다. 초보자인 나로서는 시작이 가장 어렵다. 심호흡을 한 뒤 그럭저럭 연주를 마치면, 선생님은 칭찬과 함께 개선할 부분을 직접 보여준다. 손가락 움직임은 부드럽고 자연스럽다. 앉은 자세와 팔 모양도 그렇다. 제법 진지하게 선생님의 이야기를 듣고는 다음 장으로 넘어간 악보를 바라본다.

피아노 학원을 통해 나는 '선생님'의 의미를 되새기고 있다. 연습을 강조하는 피아노 선생님은 초등학교 담임 선생님과 닮아 있다. 나를 끊임없이 독려하고 긴장감을 갖게 만드는 분들이다.

나도 치과에서는 '선생님'이라고 불린다.

"선생님, 우리 아이한테 양치를 꼭 3분씩 해야 한다고 혼내 주시면 안 될까요? 양치를 30초 만에 하고 나오는데, 도저히 제 말은 듣지를 않아요."

가끔 보호자가 이런 부탁을 해온다. 저년차 때는 이런 부탁이 부담스러웠다. '부모가 뭐라고 해도 안 듣는다면서 내가 무슨 수로 아이를 변화시킬 수 있을까' 싶었다. 그래도 보호자의 부탁이니 영혼 없는 목소리로 아이에게 이런저런 설명을 하곤 했다. 그러면 뒤에 서 있던 보호자는 "들었지? 선생님 말씀 잘 따라야 해" 하며 감사의 눈인사를 보내왔다.

지금 생각하면 부끄럽지만, '부모도 못 하는데 내가 무슨 수로'라는 한마디가 당시 나의 교육관을 보여준다. 어차피 잠깐의 교육으로 사람을 변화시키기는 어렵다며 스스로 합리화했다. '잔소리하지 않는 어른'이 되고 싶다는 본능도 한몫했으리라.

그런데 무엇보다 가장 큰 이유는, 어쩌면 보호자가 나의 개입을 환영하지 않을 수도 있겠다는 생각 때문이었다. 실제로 오래전 그런 일을 겪었다. 한 학생의 양치 상태가 미흡해 보여 양치 방법을 설명하려는데, 그 학생의 어머니가 다소 불편한 기색을 보였다. 그녀는 양치하는 방법 정도는 이미 잘 알고 있다며, 최근 아이가 바빠서 양치를 제대로 하지 못했을 뿐이라고 잘라 말했다.

그런 사회적 분위기 속에서 당시 나를 포함한 많은 '선생님'들은 점차 방어적인 태도를 취하게 되었다. '부모님이 알아서 하시겠지', '필요하다면 부모님이 먼저 말씀하시겠지' 같은 식으로 말이다.

하지만 자녀에 관한 모든 것을 부모가 알지는 못한다. 아이가 양치를 제대로 하는지 아닌지도 확인이 어렵다. 치과의사나 치과위생사가 먼저 실상을 알려주지 않으면, 나중에 충치가 많이 생기고서야 부모는 뒤늦게 의문을 품게 된다. 이런 사회적 양육 시스템의 한계 속에서, 치과의사도 아이 양육의 한 축을 담당하는 존재임을 깨달았다. 아이를 낳아 기르면서 그런 생각은 더욱 뚜렷해졌다. 이제는 더 이상 내가 해야 할 일을 망설이지 않는다.

초등학교 4학년 P가 4개월 만에 정기검진을 받으러 왔다. 나는 숙제를 검사하는 선생님의 마음으로 P에게 말했다.

"P야, 지난번에 선생님들이 가르쳐준 대로 양치해 봤어? 얼마나 잘하고 왔는지 한번 볼까?"

그러자 P가 진료 의자에서 벌떡 일어났다.

"선생님, 잠깐만요.. 지금 양치 좀 하고 올게요."

그러고는 일회용 칫솔이 구비된 세면대로 달려갔다.

다시 돌아온 P는 내 눈치를 보며 반응을 기다린다. 나는 지난번과 달라진 점을 칭찬하며 앞니 부분은 좀 더 잘 닦으라고 강조했다. P는 한결 밝아진 표정으로 "네, 네" 대답하다가 충치가 없다는 소식에 더욱 기뻐했다.

아이들은 어른들의 역할을 인식하고 그에 맞춰 행동하려는 경향이 있다. 부모님은 나를 사랑하고 지지해 주는 사람, 선생님은 나를 지도하고 평가하는 사람이라고 생각한다. 그래서 선생님의 지시는 더 수용적으로 받아들인다. 세 돌 채 안 된 우리 아들도 엄마인 나보다 방문 선생님의 지시에 더 협조적이다.

치과의사로서 '선생님'이라는 존재는 단순히 치아를 치료해 주는 사람을 넘어, 아이들의 습관과 일상을 격려하며 변화시키는 역할까지 맡는다. 아이들의 세상에서 한 축을 떠받치며 묵묵히 응원하는 사람. 나도 그런 사람이 되고 싶다.

A. 초등학교 2학년이면 스스로 양치질을 할 수 있지만, 아직은 미숙한 면이 있습니다. 하루 한 번쯤 세면대 앞에 아이와 나란히 서서 양치질을 해보세요. 엄마의 칫솔질 동작을 따라 하도록 하는 방법이에요. 이 방법은 아이뿐 아니라 엄마의 치아 건강에도 큰 도움이 됩니다.

또 아이가 먼저 양치질을 한 뒤, 부모님이 마무리 칫솔질을 해주시는 것도 좋아요. 이때는 가급적 아프지 않게 닦아주는 게 중요합니다. 아이가 불편하거나 아프다고 느끼면, 부모님이 해주시는 칫솔질 자체를 거부할 수 있으니까요.

아프지 않게 칫솔질해 주는 비결은 순서를 정해 일정한 흐름으로 닦아주는 것입니다. 그러면 아이도 순서에 맞춰 입을 벌리고, 볼과 혀를 자연스럽게 움직이게 됩니다. 불편함이 줄고, 칫솔질도 훨씬 수월해진답니다.

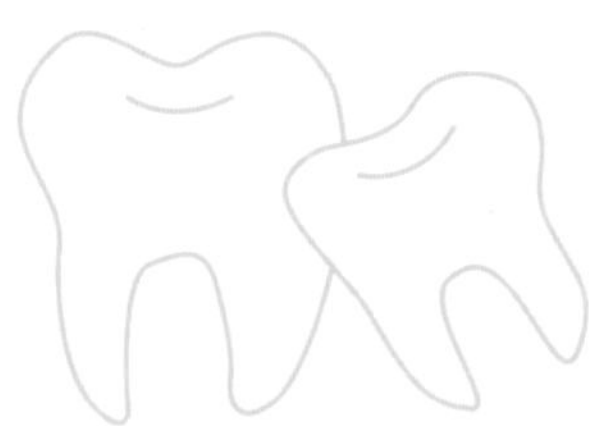

저절로 크는
아기

아기는 새근새근 잠들어 있었다. 나는 심호흡을 한 뒤, 아기가 물고 있던 쪽쪽이를 살며시 빼냈다. 아기의 입술을 살짝 벌리고 치약을 묻힌 칫솔을 갖다 댔다. 돌이 지났는데도 밤중수유를 끊지 못한 아들 강민이를 위해, 남편과 내가 생각해 낸 궁여지책이었다.

칫솔로 위쪽 앞니를 쓱쓱 닦고 있는데 갑자기 아들이 고개를 휙 돌렸다. 그러더니 입술을 오므리며 울음을 터뜨릴 듯한 표정을 지었다. 어쩔 수 없이 다시 쪽쪽이를 물렸다.

결국 이 방법도 실패였다.

낮에도 양치질해 주는 일은 쉽지 않았다. 아들은 타인(엄마인 나도 포함)이 자신의 입속에 칫솔 넣는 것을 용납하지 않았다. 칫솔을 가까이 가져가기만 해도 고개를 돌리거나 칫솔을 빼앗아 도망가기 일쑤였다. 그러고는 스스로 칫솔을 입속에 넣어 잘근잘근 씹었다. 나는 그 정도에서 만족했다. 저불소 치약을 바른 칫솔을 씹기만 해도 양치질 효과는 있을 테니까.

"강민아, 반대편으로도 씹어야지."

내가 시범을 보이자, 아들은 나를 따라 칫솔을 옮겨 씹기 시작했다. 그럭저럭 평화로운 양치 시간이었다.

그런데 돌이 지난 아들이 여전히 젖병과 밤중수유를 끊지 못하자 마음이 조급해졌다. 밤 8시 30분경에 분유를 먹고 잠들면 치아는 밤새 당분에 그대로 노출된다. 밤에는 침도 거의 나오지 않고 혀나 볼의 움직임도 적어 자정작용이 약해진다. 밤새 사탕을 빨면서 자는 것과 다를 바 없었다.

나는 걱정이 되어 수시로 아들의 치아를 살폈다. 그러면서 치과의사로 15년 동안 일하며 미처 몰랐던 사실을 알게 되었다. 육안으로는 아기의 치아 상태를 살피기 몹시 어렵다는 것. 조명은 어둡고, 아기는 가만히 있지 않기 때문이다. 그러니 간혹 부모님들이 치과에 아기를 데려와서 "위쪽 맨 끝 어금니가 썩은 것 같아요"라고 정확히 알려주는 것은, 그야말로 지극정성으로 살핀 결과였다.

아들이 13개월에 들어서면서 조바심은 더욱 커졌다. 기분 탓인지 아들의 앞니가 새하얗게 변한 것처럼 보였다. 이는 앞니의 단단한 겉조직이 부식되기 시작했음을 뜻한다. 어떻게 해서든 밤중수유를 끊어야 했다. 급기야 치과의사 선배들이며 동료들에게 조언을 구하기에 이르렀다.

나는 "아기가 잘 때 몰래 양치질해 주세요"라는 조언대로 시도해 보았지만 실패했다. 단호하게 밤중수유를 끊어보려고도 했다. 저녁을 배불리 먹인 뒤 양치질을 시키고 밤잠을 재웠다. 잠드는 데는 문제가 없었으나, 자정 즈음에 깨어나 울었다. 분유를 달라는 강성울음이었다.

분유 대신 물을 주며 달래보았지만, 물이 든 빨대 컵과 젖병을 모두 거칠게 쳐내며 거부했다. 그러고는 세상이 떠나가라 울어댔다. 결국 나는 피곤에 찌든 얼굴로 분유를 먹일 수밖에 없었다. 단호한 엄마가 되기는 참 어렵다고, 꾸벅 꾸벅 졸면서 생각했다.

그러나 2주일쯤 지나, 아들은 스스로 밤중수유와 젖병을 끊었다.

어느 날 퇴근하고 돌아오니, 베이비시터 이모님이 아들이 빨대 컵으로 물을 150밀리리터나 마셨다고 전했다. 그동안 온갖 종류의 빨대 컵을 사다 놓아도 거부하던 아들이 갑자기 빨대 컵을 받아들이다니!

그날 저녁, 아들이 분유를 먹고 싶어 해서 젖병에 분유를 타 주었더니 잘 빨지 못했다. '설마?' 하고 분유를 빨대 컵에 옮겨주자, 아들은 곧잘 빨아 먹었다. 젖병과 빨대는 사용하는 턱과 혀의 위치가 달라, 빨대를 사용하면 젖병을 빨지 못한다는 말을 듣긴 했지만 실제로 보니 신기했다.

아들은 앉아서 분유를 마신 뒤 양치질까지 하고 밤잠을 잤다. 중간에 깨지도 않았다.

'저절로 큰다는 게 이런 거구나.'

13개월 2주 차, 하룻밤에 일어난 일이었다.

아들이 스스로 젖병을 끊는 동안 내가 한 일이라고는 여

러 종류의 빨대 컵을 사서 집 안 곳곳에 늘어놓은 것뿐이
었다.

아들은 이제 다른 사람이 자신의 입속에 칫솔을 넣는 것
도 허락한다. 갑자기 시도하면 거부하기도 하지만, 거울 앞
에 서서 살며시 입 쪽으로 칫솔을 가져가면 웃으며 입을 벌
린다. 나는 양치질을 해주고, 아들은 거울로 자기 모습을
관찰하며 즐거워한다.

"아기는 낳기만 하면 저절로 크게 돼 있어. 걱정하지 마."

출산 전에 주변으로부터 숱하게 들었던 말이다.

당시에는 얼마나 무책임한 낙관론인가 싶었는데, 이제
와서 보니 그 말이 틀리지 않았다. 엄마인 나도 최선을 다
해 육아를 하고 있지만, 아들은 내가 해주고 가르쳐준 것보
다 훨씬 많은 걸 할 수 있는 존재가 되어가고 있다.

그럼에도 불구하고 부모가 해야 할 일은 있다. 그것은 아
이가 순조롭게 방법을 찾을 수 있도록 가능성을 제시하는
일이다. 여러 종류의 빨대 컵을 준비하고, 양치질을 위해
다양한 시도를 한 것처럼 말이다.

아이는 이미 날개를 가지고 태어난 존재이다. 언젠가는

스스로 날개를 펴고 날아가겠지만, 부모가 잠시 손을 잡고 달려주면 더 높이, 더 올바른 방향으로 날아오를 수 있지 않을까. 부모도 아이와 함께하며 더욱 즐겁고 행복하게 삶의 여정을 이어갈 수 있으리라.

A. 아기가 밤에 분유나 모유를 먹으며 잠드는 모습은 참 평화로워 보입니다. 하지만 그렇게 잠들어 버린 아기의 입안에서는 밤새 조용한 전쟁이 벌어집니다. 양치질을 하지 못한 치아가 당분에 오랫동안 노출되기 때문이에요.

혹시 아침에 아기의 입안을 살펴본 적이 있나요? 입술이나 볼, 혀 표면에 하얀 막이 끼어 있을 거예요. 이는 분유나 모유의 잔여 성분입니다. 수면 중에는 침 분비가 줄고, 혀와 볼의 움직임도 적어져 음식물을 씻어내는 자정작용이 거의 일어나지 않거든요.

결국 아기의 치아가 당분에 푹 절여진 상태가 됩니다. 입안의 세균은 이 당분을 대사하여 산을 만들어내고, 그 산이 치아를 조금씩 녹여 약하게 만듭니다. 이런 일이 반복되면 충치가 생기게 되지요. 그래서 밤중수유는 돌 전후에 반드시 끊는 것이 좋습니다.

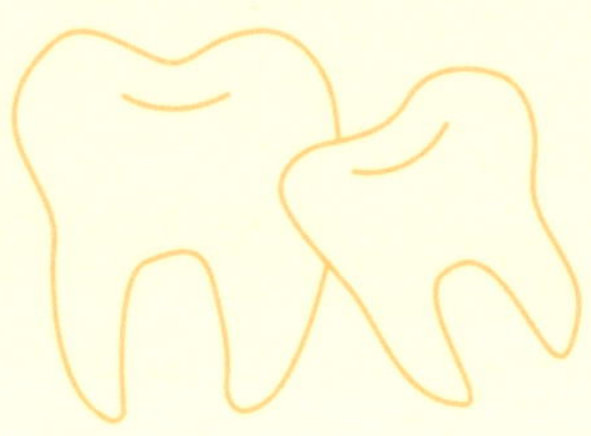

구취가 심해 걱정이에요

"아이의 구취가 심해 걱정이에요."

구취 때문에 고민이라며 아이를 치과에 데려오는 부모님들이 의외로 많다. 아이에게 충치가 있는 건 아닌지, 양치를 제대로 하지 않아서 냄새가 나는 건 아닌지, 또는 냄새 때문에 다른 사람에게 불쾌감을 줄까 봐 걱정하며 찾아오는 것이다.

솔직히 말하면, 아이의 입냄새는 귀여운 편이다. 구취가 심하다며 치과를 찾는 아이들 중 절반 이상은 실제로 구취가 심하지 않았다. 이 같은 현상을 연구한 논문에서도 구취 여부를 판단하는 데는 주관적인 요소가 크게 작용한다고 결론 내렸다.

부모님이 아이의 구취를 느끼는 순간은 주로 아침에 잠에서 깨어난 아이가 쪼르르 달려와 뽀뽀를 할 때나, 식사 후 아이의 양치를 도와줄 때이다. 어쩌면 구취를 느끼기에 가장 적절한 순간일지도 모른다. 밤 동안 침이 충분히 분비되지 않아 음식물 찌꺼기나 세균이 씻겨 나가지 못했으므로, 아침에는 구취가 날 수밖에 없다.

물론 충치나 치석 등이 원인이 되기도 한다. 충치로 치아에 구멍이 생겨 음식물이 끼거나, 양치로 해결되지 않는 치석이 많으면 당연히 냄새가 난다. 또한 영구치가 잇몸을 뚫고 나오기 시작할 때 탈락한 상피세포가 부패하거나 미약한 염증이 생겨도 냄새가 날 수 있다. 이러한 영구치 맹출(萌出)에 의한 구취는 보통 6세 무렵부터 초등학교 고학년까지 이어진다.

이 외에 호흡기 질환이나 소아 당뇨 등 전혀 다른 원인으로 구취가 생기기도 한다. 따라서 아이에게서 구취가 느껴진다면 먼저 치과에 데려가 검사를 받고, 치과적 문제가 아니라면 이비인후과나 소아과, 내과 등을 방문하길 권한다.

흥미로운 점은 보호자가 "아이의 구취가 심해요"라고 말했을 때, 아이들의 반응이다. 미취학 아동이나 초등학교 저학년은 특별한 변화가 없다. 그저 무섭고 아픈 치과 치료를 받아야 할지 모른다는 생각에 긴장할 뿐이다. 그러나 초등학교 고학년 이상이 되면 표정이 확연히 달라진다. '엄마는 왜 창피하게 저런 소리를 할까?' 하는 표정으로 입술을 내밀거나 내 눈치를 살핀다.

이는 지극히 자연스러운 반응이다. 대부분의 사람들은 '냄새 난다'는 말을 들으면 부끄러움과 동시에 모욕감을 느낀다. 몸에서 나는 냄새는 매우 사적인 영역으로, 마치 인격이 훼손된 듯한 느낌을 받기도 한다. 영화 〈기생충〉에서 주인공 기택의 마음속에 조용히 잠자고 있던 적의를 깨운 것도 박 사장의 "냄새가 난다"라는 한마디였다.

그래서 타인에게 냄새가 난다고 말하는 일은 결코 쉽지 않다. 놀랍게도 나 역시 환자에게 "구취가 있다"라고 직접적으로 말한 적은 거의 없다. 그 대신 평소보다 강하게 스케일링과 잇몸 치료를 권하고, 염증이 심한 치아는 발치를 권유한다. 특히 피고름이 잡힐 정도로 심한 치주염이라면 잇몸 뼈 손상을 막기 위해서라도 발치가 필요하다.

하지만 그런 치아라도 끝까지 유지하고 싶어 하는 환자들이 있다. 늘 사람 좋은 미소를 띠던 중년 남성 환자도 그랬다. 몇 년 전부터 아래쪽 맨 끝 어금니 주변의 잇몸이 반복적으로 부었고, 치료로는 더 이상 버티기 어려운 상태였다. 잇몸에는 고름이 차 있었고, 구취도 심해졌다. 내가 발치를 권했지만 그는 더 버텨보겠다며 고집을 피웠다.

그가 잇몸이 아파 두 달에 한 번꼴로 찾아오던 어느 날, 나는 결국 진실에 가깝게 말했다.

"어금니의 염증이 너무 심해서 구취의 원인이 될 수도 있어요."

며칠 뒤 그는 다시 내원했다.

"생각을 해보니 이 어금니에서 냄새가 나는 것 같더라고요. 그래서 오늘 빼려고 왔어요."

사람은 자신의 구취를 잘 인식하지 못하는 경우가 많다. 자기 체취에 익숙해져 본인 방의 냄새를 느끼지 못하는 것과 비슷하다. 그래서 가까운 사람이 넌지시 알려주는 편이 좋다. 구취 자체도 문제지만, 치료가 꼭 필요하다는 신호일 수도 있기 때문이다.

반대로, 치아나 잇몸에 아무 이상이 없는데 구취가 심하다고 호소하는 사람도 있다. 이미 다른 치과나 이비인후과, 내과 등에서 '이상 없음' 소견을 들은 경우이다. 우리 치과에 정기적으로 오는 20대 여성 환자도 그랬다. 그녀는 검진 때마다 자신에게서 구취가 나지 않느냐고 묻곤 했다. 은근히 집요할 정도였다.

그 환자는 어머니에게서도, 다른 치과와 내과에서도 문제 없다는 말을 들었다고 했다. 요즘은 약간 체념했는지, 가글액을 자주 사용하면서 6개월마다 스케일링만 꾸준히 받고 있다.

이처럼 사람마다 감각을 느끼는 정도는 다르다. 어떤 사람은 자신의 구취에 둔감하고 어떤 사람은 예민하다. 통각도 마찬가지이다. 충치가 아주 깊어도 통증을 느끼지 못하는 사람이 있는가 하면, 충치가 깊지 않아도 아파서 음식을 못 먹는 사람도 있다.

따라서 개인의 감각이나 경험에만 의존하는 태도는 위험하다. 감각은 객관적인 상태를 정확하게 보여주지 않기 때문이다. 이럴 때 전문가의 의견을 경청하는 자세가 필요하다. 아픈 곳이 없어도 주기적으로 검진을 받는 이유가 여기에 있다.

구취는 몸의 이상을 알리는 신호일 수도 있고, 주관적인 예민함의 표현일 수도 있다. 언뜻 사소해 보였던 문제가 빙산의 일각처럼, 실제로는 더 큰 문제의 일부인 경우도 있다. 막연한 걱정이나 자책보다, 상황을 객관적으로 진단해 줄 전문가를 찾는 편이 현명하다. 그것이 바로 많은 전문가들이 우리 곁에 존재하는 이유가 아닐까.

Q. 남편이 구취가 있는데요, 어떻게 하면 기분 상하지 않게 말해 줄 수 있을까요?

A. 구취는 매우 민감한 문제라, 가족이라고 해도 말을 꺼내기 어렵습니다. 이럴 때는 직접적인 지적보다는, 건강을 걱정하는 가족의 톤으로 대화를 유도하는 것이 좋아요. 예를 들면 이런 식으로.

"당신 혹시 요즘에 치아나 잇몸이 아프지 않아?"

"아니, 갑자기 왜?"

"아무래도 충치나 잇몸 염증이 있는 모양이야. 원래는 안 그랬는데 요즘 살짝 구취가 생긴 것 같거든."

"앗, 그럼 치과에 한번 가볼까?"

구취 자체보다 충치나 잇몸 염증 같은 원인을 중심으로 이야기하면, 상대방의 기분을 상하게 할 여지가 줄어듭니다. 누구나 자신에게 구취가 있다는 사실을 알면, 치과나 관련 병원을 찾아가고 위생 관리에도 더 신경을 쓰게 되죠. 이렇게 하면 상대방을 배려하면서 문제도 해결할 수 있답니다.

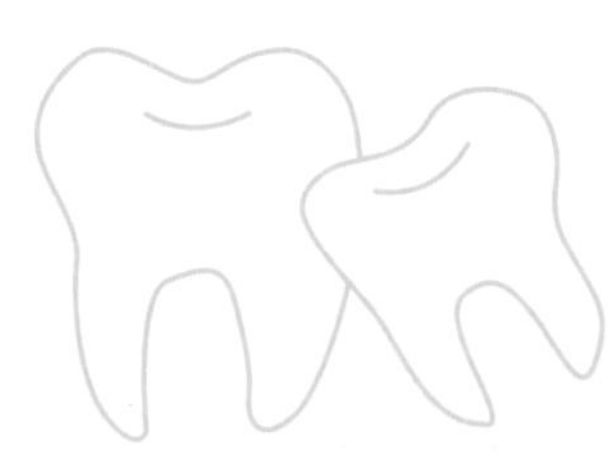

2장

많이 아팠겠어요

너무 운이 좋아서
안타까운 당신

어느 날 우리 치과에 여대생 환자가 찾아왔다. 왠지 익숙한 이름이다 싶어 차트를 확인해 보니, 역시 내가 기억하던 그 환자가 맞았다.

"안녕하세요? 그동안 잘 지냈어요?"

평소보다 약간 친근하게 인사를 건넸다. 진료 의자에 앉아 있던 그녀가 물었다.

"저를 기억하시나요?"

"네. 예전에 수능 전날 사랑니를 빼러 오셨잖아요, 맞지요?”

“네, 맞아요! 사실 오늘도 반대편 사랑니 때문에 왔어요. 혹시 사랑니를 바로 뺄 수 있을까요?”

내가 자신을 기억한다는 사실이 의외였는지, 여대생 환자는 눈을 동그랗게 뜨며 말했다. 다음 주에 중요한 일정이 있는데, 오른쪽 위 사랑니에 통증이 생겨 가급적 발치를 하고 싶단다. 그 중요한 일정이 ‘면접’이라서, 얼굴이 많이 붓지 않으면 좋겠다는 희망 사항도 덧붙였다.

이 환자는 고등학교 3학년 때 처음 내원했다. 마침 수능 전날이었는데, 오후 늦게 치과로 전화가 왔다.

“환자 ○○○인데요, 제 딸이 내일 수능인데 지금 사랑니 때문에 너무 아파서 울고 있어요. 오늘 꼭 좀 뽑아주시면 안 될까요?”

전화를 받은 직원은 ‘내일이 수능이라 발치는 어렵겠지만, 약 처방이라도 받으면 좀 나아지겠지’라고 생각해 일단 오라고 했다.

잠시 뒤 문제의 고 3 학생이 혼자 치과에 들어섰다. 부모님이 모두 직장에 계셔서 함께 오지 못했고, '엄마 카드' 한 장만 들고 내원한 것이다. 미성년자인 데다, 바로 다음 날 수능을 앞둔 고 3 학생이 보호자도 없이 사랑니를 빼달라고 하는 난처한 상황이었다.

사랑니 발치는 '소수술'에 해당한다. 단순히 이를 하나 뽑는 문제가 아니다. 사랑니는 신경과 혈관 가까이 위치해 있어, 발치 후 합병증이 생길 위험이 크다. 심한 경우에는 몸에서 열이 나거나, 입도 벌릴 수 없을 정도로 통증이 생기기도 한다. 그래서 보호자에게 충분히 설명하고 동의 절차를 밟은 뒤 발치를 진행해야 했다. 학생의 어머니와 통화를 하긴 했지만, 그것만으로는 부족했다.

일단 학생의 엑스레이를 찍고 검진을 진행했다. 왼쪽 위 사랑니는 공간이 부족해 완전히 뺨 쪽을 향해 나고 있었다. 그로 인해 사랑니 주변 잇몸뿐 아니라, 사랑니와 맞닿은 뺨 부위까지 심하게 헐어 있었다.

'이거 진짜 아프겠는데?'

내 마음속의 고민이 더욱 커졌다. 이런 정도라면 투약도 큰 효과가 없다. 정말 발치 말고는 답이 없는 상태였다.

"아픈 지 좀 되지 않았어요? 좀 더 일찍 치과에 왔으면 좋았을 텐데…"

"아, 지난주에 학원 근처 치과에 갔었는데, 거기 선생님이 일단 약을 먹고 수능 친 다음 뽑으라고 하셨어요. 그런데 이제 약은 효과가 전혀 없는 것 같아요. 너무 아파요."

"발치를 한다고 해서 통증이 바로 사라지는 건 아니거든요. 이를 뽑으면 더 아플 수도 있어요."

이런저런 합병증 가능성을 설명했지만, 학생은 여전히 발치를 원했다.

나는 예나 지금이나 '해야 할 일'은 해야 한다고 믿는 사람이다. 비록 리스크가 있다고 해도, 이 정도로 고통을 호소하는 환자를 돕지 못한다면 내가 치과를 하는 게 무슨 의미가 있나 싶었다. 결국 학생의 어머니에게 연락을 취했다. 법적 보호자가 동의서에 사인하지 않으면 발치가 불가능하다고 설명하자, 1시간 만에 어머니가 치과로 뛰어왔다. 그리고 숨을 고르며 말했다.

"그냥 발치해 주셔도 되는데…"

일찍 퇴근하기 위해 상당히 무리했다는 학생의 어머니

에게 나는 '그 정도로 중요하고 가치 있는 일'임을 강조했다. 사랑니 발치는 어떻게 보면 별것 아닌 거 같지만, 오늘의 결정이 따님의 인생에 큰 영향을 미칠 수 있다고 덧붙였다. 또한 적절한 치료를 위해서는 환자, 보호자, 의사가 각자의 의무를 다해야 한다고도 했다. 어머니는 어느 정도 납득된 표정으로 동의서에 사인을 했다. 다행히도 학생의 발치는 별탈 없이 끝났다.

전문가가 보기엔 몹시 중요한 사안인데, 정작 당사자는 별일 아니라고 안일하게 생각하는 경우가 있다. 이때 당사자의 경각심을 일깨우려면 조곤조곤 설명하는 것만으로는 부족하다. 소위 '난리를 쳐야' 한다는 뜻이다. 그래야 '이게 큰일이구나'를 깨닫고, 의사가 말하는 주의 사항을 잘 지킬 뿐 아니라, 추후 이런 일이 또 발생하지 않도록 대비할 수 있다. 하지만 난리를 쳐도 효과가 없는 경우가 있다는 사실을 이 학생을 통해 깨달았다.

사랑니 발치 후 일주일이 지나, 학생이 소독을 받기 위해 다시 내원했다. 다행히 그녀의 표정은 멀리서 봐도 밝아 보였다.

"그때 사랑니 뽑고 나서 괜찮았어요?"

"네, 완전 괜찮았어요. 수능 치는데 하나도 안 아팠고요. 수능 치른 날 밤새도록 놀아도 멀쩡했어요."

무사히 수능 시험을 마쳤다니 안심이 되었다. 그러나 학생의 너무 속 편해 보이는 얼굴을 보며 '걱정은 오로지 내 몫이었구나' 싶어 기운이 빠지기도 했다. 나는 학생에게 반대편 사랑니도 가급적 빨리 뽑는 것이 좋고, 어금니에 있는 충치도 치료받아야 한다고 여러 번 되풀이해서 설명했다.

보통 치과적인 문제로 고생하면, 일시적이나마 경각심을 가지고 치아를 관리하게 된다. 하지만 사랑니를 발치했던 그 환자는 대략 3년이 지나서야 다시 치과를 찾았다. 그것도 또다시 사랑니 통증을 호소하면서.

다음 주가 면접이라 얼굴이 부으면 안 된다는 여대생 환자의 요청에 나는 이렇게 답했다.

"사랑니를 빼면 당연히 얼굴이 부을 수 있지요."

"그때는 하나도 안 부었던 것 같은데, 이번에는 많이 부을까요?"

"알 수 없는 일이에요. 그때처럼 운이 좋으면 안 부을 수도 있겠죠?"

그녀는 고민 끝에 발치를 하고 돌아갔다. 다음 날 소독하러 오라고 했지만 오지 않았다. 우리 직원이 전화를 해보니, 전혀 아프지 않고 붓지도 않아 괜찮다며 안 가도 될 것 같다고 했다. 여전히 운이 좋은 환자였다. 그녀가 내 말을 들을 것 같지는 않지만, 나는 다시 한번 치아 관리 좀 하라고 잔소리할 생각이었다.

이후 환자의 소식은 알지 못한다. 아마 다음번에도 어딘가 불편한 곳이 생겨야 치과를 찾지 않을는지. 그 좋은 운도 하나씩 쓰고 나면 언젠가는 사라질 텐데. 우리 삶도 마찬가지인 것 같다. 어떤 면에서는 운이 너무 좋아도 사람이 변하지 못한다. 나에게도 그런 면이 있지 않을까.

Q. 치과에서 고지하는 '치료 후 주의 사항'을 꼭 지켜야 하나요?

A. 가끔 이렇게 말씀하시는 환자분들이 있습니다.

"제 친구 ○○는 사랑니 빼고 바로 술 마셨는데도 괜찮았대요."

"지난번에는 어금니 치료 후 바로 음식 씹어도 괜찮던데요."

그러면 저는 "그건 그저 운이 좋았을 뿐"이라고 답합니다. 실제로 별일 없을 가능성이 높을 수도 있지만, 만약 문제가 생긴다면 어떨까요? 심한 염증으로 얼굴이 부어 입원해야 할 수도 있고, 힘들게 치료한 치아를 또다시 치료해야 할 수도 있습니다.

주의 사항을 지키는 일은 때로 번거롭게 느껴지지만, 합병증 위험을 피하는 가장 간단한 방법입니다. 또 동시에 치료 효과를 오래 유지할 수 있는 가장 확실한 비결이기도 하지요.

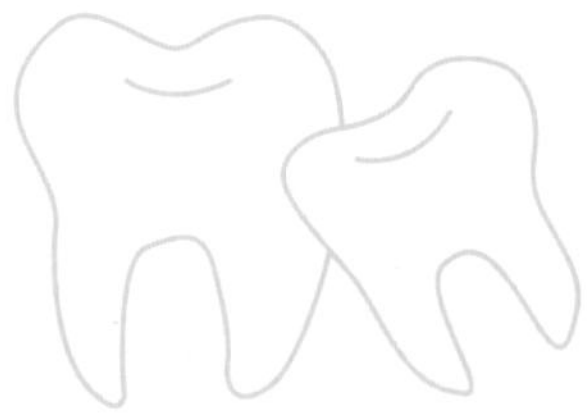

 저 이제 완전히 나은 거예요? 

"선생님, 저 이제 완전히 나은 거예요?"

앞니 치료를 마무리하던 날, 어린이 환자 C가 거울을 내려놓으며 물었다. 나는 당혹감에 일순 말문이 막혔다. "이제 치료가 다 끝났나요?", "이제 치과에 안 와도 되나요?" 같은 일반적인 질문이 아니었다. 나는 일부러 C를 돌아보지 않은 채, 차트에 기록을 남기며 머릿속으로 할 말을 고르고 또 골랐다.

C는 초등학교 고학년 남자아이로, 약 한 달 전 앞니를 다

쳐 치과에 왔다. 학교에서 넘어지며 앞니를 부딪쳤는데 이가 많이 깨졌다며, 함께 온 선생님이 걱정스러운 얼굴로 말했다. 검진 결과, C의 가운데 앞니 한 개는 절반 이상 깨져 나갔고 나머지 한 개도 충격을 받아 통증이 있었다. 깨진 치아는 이미 내부 신경관에서 출혈이 있었던 데다, 입을 벌리기만 해도 시릴 정도라 신경 치료가 불가피했다.

충격과 통증이 컸지만 C는 울지 않고 의연했다. 오히려 이렇게 물어 나를 놀라게 했다.

"혹시 이를 뽑고 임플란트를 해야 하나요?"

마치 풍치로 고생하다가 뒤늦게 치과에 온 중년 남자가 할 법한 소리였다. 요즘 아이들은 아는 것이 많고, 어른처럼 침착할 줄도 안다. 하지만 그 차분한 얼굴 뒤에는 언제나 숨겨진 불안과 걱정이 있다.

나는 C와 선생님에게 발치할 정도는 아니며, 신경 치료를 하고 치아를 보강한 뒤 치아 모양의 크라운을 예쁘게 씌우면 된다고 말했다. 다음 날 아들과 함께 내원한 C의 어머니에게도 다시 한번 자세히 설명했다. 어머니는 직장 때문에 앞으로는 함께 오기 어렵다며, 치료를 잘 부탁드린다는 말을 남겼다.

C는 몇 차례 혼자 내원하여 치료를 잘 받았다. 아이는 말이 없는 편이었고, 어른들의 말을 잘 듣는 것처럼 보였다. 치과에 들어오면 늘 데스크 앞에 서 있다가 "앉아서 조금 더 기다려달라"라는 말을 듣고서야 소파에 앉는 아이였다.

나는 매번 치료를 마친 뒤 C에게 궁금한 것이 있냐고 물었다. C는 결코 먼저 질문하는 법은 없었지만, 내가 물으면 마치 기다렸다는 듯 질문을 꺼냈다. 나는 대화를 통해 이 아이가 매일 아침 거울을 보며 치아 상태를 확인하고, 깨진 앞니 옆의 치아에도 이상이 생길까 봐 걱정한다는 사실을 알게 되었다. 내 예상대로 걱정이 많은 아이였다. 나는 걱정을 덜어주고자 설명했고, C는 언제나 내 말을 경청했다.

치료는 순조롭게 진행되어 마지막으로 치아 모양의 크라운을 씌우는 날이 되었다. 모양과 색상이 적절하게 맞춤 제작된 크라운을 C의 앞니에 접착하며 치료를 마무리했다. C에게도 이제 걱정을 내려두고 밝게 웃으라는 의미에서 거울을 보여주며, 예쁘게 잘되었다고 전에 없이 자화자찬까지 했다.

그 순간 C가 처음으로 내게 먼저 질문을 던졌다. 그것도 "저 이제 완전히 나은 거예요?"라는, 철학적이고 고차원적인 질문을 말이다.

일반적으로 사람들이 말하는 '낫다'란 단어는 '재생'이나 '회복'을 의미한다. 즉, 병이나 외상이 생기기 전 상태와 거의 비슷하게 회복되는 것을 뜻한다. 예를 들어 피부는 큰 상처가 생겨도 시간이 지나고 감염 관리만 잘해 주면 얼마 지나지 않아 새살이 차오른다. 또 건강한 사람은 뼈가 부러져도 시간이 지나면 저절로 붙기도 한다.

그러나 손이나 발이 절단된 경우는 어떨까? 현재 의학 기술로는 재생이나 회복이 불가능하며, 의수나 의족을 사용해야 한다. 정교한 의수와 의족 덕분에 일상생활에 거의 불편을 느끼지 못하더라도 이를 '나았다'라고 표현하지는 않는다. 이는 '보철'이나 '수복'에 더 가까운 개념이다. 사실 대부분의 치과 치료도 마찬가지이다. 손상된 치아 조직은 저절로 재생되거나 복구되지 않기 때문이다. 이러한 보철과 수복은 그 자체로도 불완전하며, 보철물과 수복물은 엄연히 수명이 있어 몇 년에 한 번씩 교체하거나 보강해 줘야 한다.

가끔 이와 같은 치과 치료의 특성을 이해하지 못한 사람들이 치과에 와서 볼멘소리를 늘어놓기도 한다. 몇 해 전, 20대 남성 환자가 우리 치과에 찾아왔다. 어렸을 때 치료받은 어금니의 크라운이 빠졌다며, 어떻게 이럴 수 있냐고 화를 냈다. 내가 치과 치료의 한계점에 대해 차근차근 설명해주었으나 잘 이해하지 못하는 눈치였다.

"이렇게 떨어질 가능성이 있다면 애초부터 치료가 아니지 않나요?"

그러고 나서 아직 성이 풀리지 않았는지 한마디를 덧붙였다.

"완전한 치료도 아닌데, 왜 그렇게 비싼 거죠?"

환자는 어릴 적 끝난 줄 알았던 치아 보철 치료에 또다시 큰 비용을 들여야 한다고 생각하니 몹시 억울했나 보다. 하지만 불완전한 것은 치과 치료뿐만이 아니다. 살아가면서 마주하는 대부분의 일은 완벽하지 않다. 대기업에서 만든 물건도 불량일 수 있고, 아무리 간단한 일이라도 실패할 가능성이 있다. 이 '불완전성'을 받아들이지 못하면 우리 삶은 끊임없이 타인과 자신을 채근하는 강박으로 흐르거나, 심각한 결함이 보여도 불완전함을 인정하지 못해 눈감아 버리는 회피로 이어지기 쉽다.

나는 초등학생인 C에게 어떤 대답을 들려줄지 오랫동안 고민했다. 그냥 가볍게 "이제 치아가 다시 생겼으니 완전히 나은 거야"라고 말하고 넘어가도 될 상황이었다. 그러나 불안도가 높고 똑똑한 이 아이에게는 조금 복잡해도 솔직하게 말해 주는 편이 옳다고 판단했다.

"치아는 한번 깨지면 돌이킬 수 없어. 새살이 돋듯 나으면 좋겠지만, 치아는 그렇지 않거든. 그래도 외형은 예쁘게 복구되었으니 생활에는 지장이 없을 거야. 하지만 언젠가는 이 치아에 다시 문제가 생겨 재치료를 받아야 할 수도 있어."

그 순간 C의 표정이 조금 굳어졌다. 내가 미소 지으며 덧붙였다.

"그렇다고 미리부터 불안해할 필요는 없단다. 걱정하는 대신 네가 할 수 있는 일을 하면 돼. 다시는 넘어지지 않도록 조심하고, 양치질도 잘하고. 불완전한 것들에 대한 불안을 내려놓을 줄 알아야 해. 사실, 세상 대부분의 것은 불완전하거든."

C는 그 후로도 수개월에 한 번씩 우리 치과에 정기검진을 받으러 온다. C의 어머니는 아들이 양치질을 매우 열심히 하고 있으며, 음식을 먹을 때도 아주 조심스럽게 씹는다고 전해주었다.

내가 C에게 요즘은 치아 상태가 어떤 것 같냐고 묻자, 아이는 또다시 자식들 출가시킨 어르신이나 할 법한 소리를 했다.

"요즘에는 걱정을 많이 내려놨어요."

Q. 약 10년 전에 앞니를 부딪쳐서 크라운을 씌웠는데,

크라운을 교체해 줘야 할까요?

A. 앞니에 씌운 크라운의 수명은 보통 7~10년입니다. 하지만 이는 평균적인 수치일 뿐, 크라운의 교체 여부는 현재 상태에 달려 있어요.

특히 과거에 외상을 입었던 치아는 뿌리나 주변 잇몸에 염증이 생길 가능성이 높습니다. 겉으로 멀쩡해 보여도 안쪽은 문제가 생길 수 있거든요. 그래서 정기적으로 치과에서 검진하고 엑스레이 검사도 받아야 합니다.

또 앞니는 미관상으로도 중요하죠. 오래된 크라운은 잇몸 쪽 경계선이 드러나거나 옆 치아와 조화롭지 못해 심미적으로 거슬릴 수 있습니다. 이런 경우도 교체가 필요하다는 신호가 된답니다.

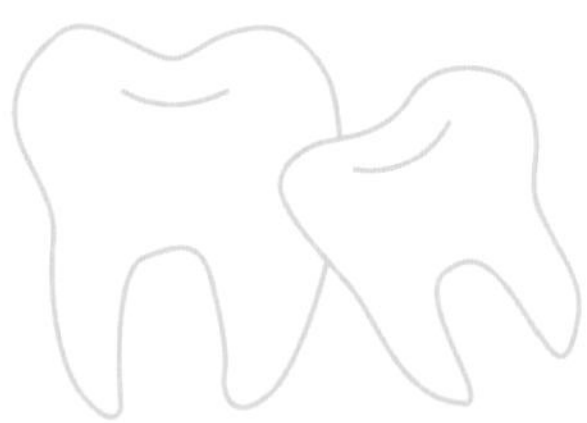

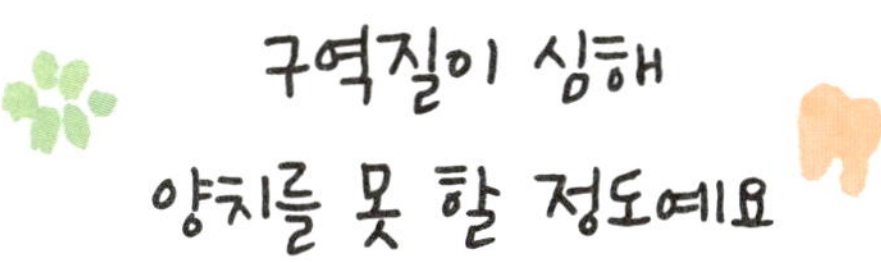

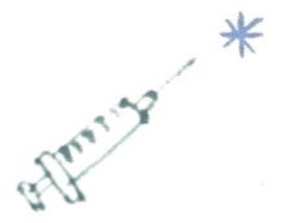

몇 해 전, 초등학교 2학년 B가 어머니와 함께 치과에 왔다. B는 조용한 남자아이였다. 또래 남자아이들이 진료실에 들어오면 보통 여기저기 구경을 하거나 이런저런 질문을 하기 마련인데, 이 아이는 진료 의자에 얌전히 앉아 있었다.

"충치가 아주 심각하다는데, 아이가 치료받기를 너무 힘들어해서요. 소아 전문 치과에 갔는데, 거기서도 대학병원에 가라고 했어요."

B의 어머니는 대학병원 내원이 부담스러워 일단 우리 치

과를 찾아왔다고 했다. 소아 전문 치과에서 대학병원에 가보라고 할 정도면, 구강 내에 심각한 병변이 있거나 극심한 공포로 아이의 행동 조절이 아예 불가능해 전신마취가 필요한 경우를 의미한다. B에게는 어떤 문제가 있었을까.

나는 B를 눕힌 다음 "아~ 해보세요"라고 말하며 미러(손잡이가 달린 치과용 소형 구강 거울)를 아이의 입안으로 넣었다. 그 순간 아이의 입천장이 들리고 혀뿌리까지 노출되더니 심하게 구역질을 하기 시작했다. 나는 곧바로 진료 의자를 일으켜 아이를 진정시키고 가글을 권했다.

사람은 누구나 구역반사(Gag Reflex)를 가지고 있다. 이는 이물질을 거부하려는 신체의 방어 본능이다. 그래서 깊은 입천장이나 혀뿌리, 목젖 등을 건드리면 헛구역질이 나온다. 다만 사람마다 조직의 민감도가 달라서, 유난히 구역질이 심한 경우도 있다.

"아이가 구역질이 심해서 양치를 못 할 정도예요."

B의 어머니가 아들의 등을 두드리며 말했다.

"언제부터 이렇게 구역질을 했나요?"

"아주 어렸을 때부터 조금씩 하긴 했는데, 최근에 유난히 심해진 느낌이에요."

나는 B가 어느 정도 진정된 뒤, 진료 의자에 눕혀 조심스럽게 검진을 진행했다. 미러만 봐도 구역질을 하는 것 같아, 미러 대신 치과용 소형 카메라로 입안 사진을 찍었다. 위 양쪽 어금니에 충치가 있었는데, 아이들에게 흔히 생기는 충치와는 형태가 달랐다. 아이들은 보통 음식을 씹는 면이나 바로 옆 치아와의 사이에 충치가 생기지만, B의 위 어금니는 입천장 면에 깊은 충치가 있었다. 이 어금니는 영구치이기 때문에 조속한 치료가 필요한 상태였다.

나는 상담실에서 B의 어머니와 마주 앉았다. 컴퓨터 모니터에 충치 사진을 띄워두고 왜 충치가 생겼는지, 왜 대학 병원에 가야 하는지 설명했다.

"어머니, B는 어금니 입천장 쪽에 충치가 생겼어요. 양치할 때도 구역질이 나서 입천장 쪽은 닦기 어려웠을 거예요. 그래서 충치가 생긴 거죠. 게다가 구역질을 자주 하면 위산이 올라와 치아의 입천장 면이 부식되거든요. 이로 인해 치아가 더 약해지고, 충치가 더 깊어지는 악순환이었던 셈이에요."

이 말을 듣고 B의 어머니는 조금 이해한 듯한 표정을 지었다. 나는 설명을 이어갔다.

"구역질이 심한 경우, 일반적인 방법으로는 치료하기 어려워요. 몇 가지 이유가 있습니다. 첫째, 치료 도중 아이의 호흡에 문제가 생길 수 있고 둘째, 치과 치료에서는 방습이 중요한데 구역질로 침이 들어가면 치료가 제대로 되지 않으니까요. 보호자분 입장에서는 겨우 충치 두 개 때문에 대학병원까지 가야 하나 싶으시겠지만, 사실 B의 충치가 더 심해지면 신경 치료가 필요할 수도 있어요."

내가 신경 치료 가능성을 언급하자, B의 어머니는 놀란 표정이 되어 물었다.

"그러면 구역질하는 습관을 고칠 수는 없나요? 이번에 B가 전신마취로 충치 치료를 받더라도, 앞으로 또 충치가 생기면 그때도 전신마취를 해야 하는 건가요?"

나는 천천히 대답했다.

"신체의 반사는 사람이 마음먹는다고 쉽게 바꿀 수 있는 건 아닙니다. 그런데 B의 경우 심리적인 요인도 커 보이더군요. 아까 보셨죠? B는 입에 넣는 치과용 기구를 보기만 해도 구역질을 하는 것 같았어요."

내 말에 B의 어머니가 고개를 끄덕이며 동의했다.

"최근에 치과를 자주 갔었지요?"

"네. 사실은 그 소아 전문 치과 말고도 몇 군데 더 다녀왔어요."

그 대답을 듣고 나는 조심스럽게 입을 열었다. 가장 하고 싶은 말이자, B의 어머니에게 꼭 필요한 이야기였다.

"치과에서 여러 번 검진과 치료를 시도하는 과정에서 B의 구역반사가 더 심해졌을 수도 있어요. 새로운 치과를 방문해서 검진을 받는 것 자체도 아이에게 큰 스트레스가 될 수 있고요. 게다가 매번 결국은 치료를 받지 못했잖아요. 지금 아이의 심리 상태는 여러 번 좌절하고 거절당한 사람과 비슷할 겁니다."

B가 꼭 대학병원에 가기를 바라는 마음에서 약간 강하게 이야기했다. 그리고 한 가지 조언을 덧붙였다.

"이번에 치료를 받고 나면, 정기적으로 검진을 받으며 구역반사도 줄이도록 노력하면 좋겠어요. 칫솔 사이즈도 바꾸고, 양치 방법도 바꾸고요. 구역반사를 조금만 줄이고 양치 습관을 개선해도 충치가 많이 생기지는 않을 거예요.”

상담을 마친 후 B와 어머니는 돌아갔다.

내가 B를 다시 만난 것은 그로부터 약 1년 뒤였다. B가 학교 검진을 받으러 왔는데 충치는 깨끗이 치료되어 있었고, 무엇보다 검진 내내 입을 잘 벌리고 있었다. 어머니에게 물으니, 그때 우리 치과 진료를 마치고 곧장 대학병원 초진 예약을 잡았다고 했다. 이후 충치 치료를 잘 마쳤으며, 현재는 3개월마다 대학병원에서 검진도 받고 있단다.

“요즘엔 B가 양치할 때도 구역질이 많이 줄었어요.”

어머니의 말을 듣고 정말 다행이라는 생각이 들었다. 진료 의자에 앉아 있던 B가 조용히 미소를 지었다. 1년 전보다 표정이 훨씬 풍부해 보였다. 아니, 원래부터 치과에서도 이렇게 웃을 수 있는 아이였을지도 모른다.

B의 구역반사가 완화된 이유는 무엇일까. 실제로 성장하면서 구역반사가 자연스럽게 줄어들기도 한다. 소위 말하는 ‘크면서 나아지는’ 경우이다. 또한 대학병원에서 추천받은 칫솔과 양치 방법이 효과적이었을 수도 있다. 혹은 치과 치료를 성공적으로 마치면서 치과에 대한 거부감과 심리적

인 스트레스가 줄어든 덕분일 수도 있으리라.

아이들은 어른들이 생각하는 것보다 빠르게 변화하는 존재이다. 때때로 어른들은 아이들의 가능성을 간과한 채 쉽게 낙담하곤 한다. 그러나 나는 아이들이 어른들의 관심과 애정, 약간의 교육만으로도 변화할 수 있는 존재라고 믿는다. 심지어 그런 여건이 충분히 갖춰지지 않았을 때조차 아이들은 스스로 변화한다.

지나친 낙담과 걱정은 오히려 아이에게 불안과 스트레스를 가중시킬 뿐이다. 어른들이 해야 할 일은 아이에게 필요한 도움을 주면서 지켜보는 것이다. 이는 내가 어린이 환자를 치료할 때 늘 지키는 원칙이기도 하다.

A. 네, 비염이 있으면 치과 치료가 더 힘들어집니다. 비염 환자들은 주로 입으로 숨을 쉬기 때문에, 누워서 입을 오래 벌리고 있는 것 자체도 불편하고, 입안에 물이 고이는 것도 괴롭습니다.

특히 비염이 심한 아이들은 장시간 입을 벌리고 있는 것을 무척 힘들어합니다. 구역반사도 심하고요. 치료 중 계속 입을 다물거나 자리에서 일어나는 경우도 있어요. 겁이 많아서가 아니라, 숨 쉬기가 힘들어 나타나는 본능적인 반응입니다.

그래서 저는 비염이 심한 환자는 한꺼번에 치료하지 않고, 조금씩 나눠서 진행합니다. 치료 중간에 잠깐 몸을 일으켜 세워 호흡을 시키기도 하고요.

한편 치과 치료와는 별개로, 비염이 충치 · 치주염 · 부정교합을 악화시킬 수도 있습니다. 그러므로 비염의 관리와 치료도 치과 치료만큼 중요합니다.

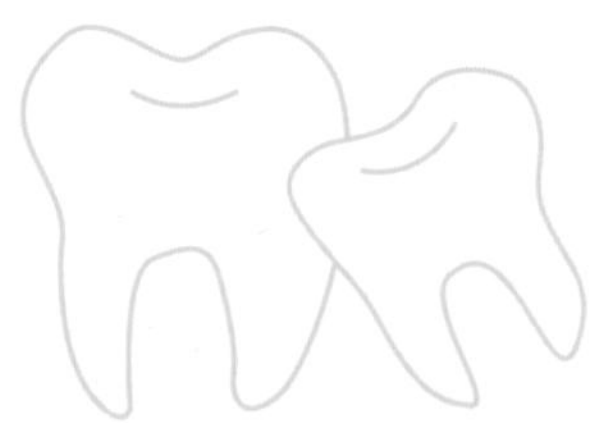

당신 탓이 아닙니다

아주 무더운 여름날이었다. 한 어머니가 두 자녀를 데리고 치과에 왔다. 한 손으로는 세 살배기 남자아이가 탄 유아차를 끌고, 다른 한 손으로는 여섯 살쯤 된 여자아이의 손을 잡고 있었다.

소아진료실에서 만난 그 가족은 무더운 날씨에 꽤 먼 거리를 걸어온 듯했다. 얼굴이 발갛게 달아오른 어머니는 티셔츠가 앞뒤로 땀에 흠뻑 젖어 있었다. 딸아이 M은 대충 묶은 머리카락이 얼굴에 달라붙어 있었고, 힘들다며 칭얼

거렸다. 유아차에서 내린 어린 아들 손에는 막대 아이스크림이 쥐어져 있었는데, 어느새 다 녹아 진료실 바닥에 뚝뚝 떨어졌다. 그 상태로 진료실을 이리저리 뛰어다니는 바람에, 아이스크림 자국이 남아 곤욕을 치렀다.

아이들 어머니는 말썽을 부리는 아들 때문에 연신 죄송하다고 사과하며, 아들에게 제발 가만히 있으라고 주의를 주었다. 하지만 장난꾸러기 아들은 또다시 뛰어나가려 했고, 이를 본 치과위생사 김 선생이 재빨리 붙잡았다.

"어머니, 유아차에 다시 태우는 게 어떨까요?"

김 선생의 말에 어머니가 알겠다고 대답했다.

김 선생은 아이 둘을 키워본 엄마답게, 익숙한 손놀림으로 세 살배기 남자아이를 유아차에 태우고 버클을 채웠다. 그 순간 아이가 자지러지게 울며 발길질을 했다. 진료 의자에 앉아 있던 누나 M도 무섭다며 입술을 내밀었다. 아이들 어머니는 이러지도 저러지도 못한 채, 땀을 비 오듯 흘리며 그 곁에 서 있었다.

혼란스러운 상황이었다. 그러나 차라리 빨리 진료를 끝내는 편이 낫겠다고 판단해, 나는 M의 검진을 서둘렀다.

M은 아래 유치 앞니 두 개가 빠지고 영구치가 절반 정도 올라와 있는 상태였다. 아이의 턱이 작아 새로 나는 영구치가 자리 잡기엔 공간이 턱없이 부족했다. 그 때문에 새 치아 두 개가 삐뚤삐뚤하게 나오고 있었다. 가장 큰 문제는 옆 유치가 빠지지 않았는데, 그 안쪽으로 영구치가 올라오고 있다는 점이었다. 조만간 해당 유치를 발치하고 적당한 시기에 교정 치료를 시작해야 했다.

"어머니, M의 유치를 치과에서 빼셨나요?"

겁 많은 어린이 환자의 경우, 치과에서 유치를 발치해 본 경험이 있냐 없냐는 나름대로 중요한 문제였다. 단순히 치료 계획을 세우기 위해 물었던 것인데, 어머니는 오해한 것 같았다.

"아니요. 그냥 음식 먹다가 빠졌어요. 치과에 가야지 가야지 했는데, 이렇게 금방 빠질 줄은 몰랐어요. 치과에서 뺐으면 영구치가 잘못 나지는 않았을 텐데…"

어머니는 딸의 영구치가 고르게 나지 못한 것을 자신의 탓으로 돌리고 있었다. 더구나 내가 아이의 유치를 치과에서 뽑지 않았다며 질책한다고 여기는 듯했다.

"앗, 어머니, 그런 뜻이 아니었어요. M이 치과에서 이를 뽑아본 경험이 있는지 궁금해서 여쭤본 거였어요. 그리고 M은 골격 면에서 공간이 좁아, 어머니가 좀 더 일찍 치과에 데려오셨어도 결과는 마찬가지였을 거예요. 나중에 교정 치료를 받으면 훨씬 좋아질 겁니다."

나의 설명에도 불구하고 어머니의 죄책감은 사라지지 않았다.

"사실 제가 부정교합이 심하거든요. M도 저를 닮아서…"

순간 나는 답답함에 할 말을 잃었다. 화제를 바꿔, 일단 M의 유치는 뽑아야 한다고 설명했다. 오늘 해도 되고 다른 날 다시 와도 된다고, 따님과 협상을 잘해 보시라고 했다. 보통 이럴 때 다른 어머니들 같으면 "날도 더운데 오늘 꼭 뽑고 가자", "오늘 뽑으면 간식 사줄게" 같은 말로 아이를 설득하기 마련이다. 그런데 M의 어머니는 아무 말 없이 머뭇거렸다.

아마도 어린 아들까지 유아차에서 계속 울고 있어, 오늘 하고 가자며 딸을 설득하는 일이 치과에 민폐가 될까 봐 걱정하는 듯했다. 나는 왠지 안쓰러운 마음이 들어 M에게 직접 말을 걸었다.

"오늘 뽑지 않으면 어차피 다른 날 또 와야 해. 이렇게 더운데, 동생까지 데리고 와야 하잖아. M이 엄마를 좀 도와드리면 좋을 것 같아."

옆에 있던 김 선생도, 격려의 말을 건넸다.

"그래 M아, 하고 가자! 원장 선생님이 안 아프게 해주실 거야."

M은 손바닥으로 눈가를 몇 번 훔치더니 결국 씩씩하게 마취 주사도 맞고, 발치까지 잘 마쳤다. M의 어머니는 딸이 치료를 마치고 진료 의자에서 내려올 때까지 계속 손수건으로 흘러내리는 땀을 닦고 있었다.

그 가족이 나간 뒤, 기구를 정리하던 김 선생이 말했다.

"저렇게 마음이 약해서야, 어떻게 저 개구쟁이 아들을 키울까요?"

나는 조용히 고개를 끄덕였다. 당시 나에게는 아이가 없었지만 '어머니'의 고충을 조금이나마 실감할 수 있었다.

치과에 오는 어머니들은 종종 죄책감을 토로한다.

"제가 뭔가를 잘못했을까요?"

“저를 닮아서 이런 걸까요?”

죄책감은 이제 막 아래 유치 앞니가 빠지고 영구치가 나는 시기에 두드러진다. ‘엄마’인 내가 노력하고 신경을 써도 안 되는 것이 있다고 좌절하는 첫 번째 단계이다.

그 이전까지는 특별한 문제만 없다면 아이들은 먹인 만큼 무럭무럭 자라고, 하나를 가르쳐주면 열 개를 깨우치기도 한다. 순조로운 성장 속에서 어머니는 ‘인풋’만큼 ‘아웃풋’이 나온다고 여기며, 아이의 모든 것에 관심을 기울인다. 그런데 갑자기 아이의 영구치 앞니가 삐뚤어지게 나오는 것이다. 이때 치과의사가 “지금 문제가 되는 유치를 빼줘도 나중에 결국 교정 치료가 필요할 수 있습니다”라고 설명하면, 어머니들은 좌절과 죄책감을 동시에 느끼고 만다.

이가 삐뚤게 나오는 이유가 타고났기 때문이라 해도, 또는 치과에서 유치를 제때 발치하지 않아서 그렇다 해도 자신의 잘못으로 여긴다. 그러나 사실 이가 약간 삐뚤게 나오는 것은 그리 큰 문제가 아니며, 문제가 있더라도 나중에 교정 치료를 받으면 해결할 수 있다. 굳이 부모가 스스로의 잘못이라고, 혹은 배우자의 잘못이라고 생각할 이유는 없다.

몇 년 전 그날, M의 어머니에게서 느낀 것은 자식에 대한 사랑과 죄책감이었다. 죄책감은 사랑과는 다른 감정이다. 사랑이 상대를 향한 감정이라면, 죄책감은 나를 향한 감정이다. 그런데 죄책감을 상대를 위한 감정으로 알고, 마치 사랑의 또 다른 모습인 양 혼동하는 경우가 있다. 그러나 엄밀히 말해 이 둘은 상반된 개념에 가깝다.

사랑으로 자녀를 키우는 부모는 자발적으로 자녀에게 베풀지만, 죄책감을 느끼는 부모는 육아와 교육을 본인의 숙제로 여기는 것 같다. 그래서 죄책감이 큰 부모 밑에서 자란 아이들은 충분한 사랑을 받았다고 느끼지 못할 뿐 아니라 오히려 수치심과 부족함을 느낄 수 있다. 반면에 사랑으로 키워진 아이들은 자신의 존재 자체가 축복이라는 사실을 스스로 깨닫게 된다.

부모로서 죄책감을 지워내고 온전한 사랑으로 자녀를 키울 수 있다면, 그 얼마나 커다란 축복일까. 바로 이런 이유로 부모에게도 '감정 공부'가 필요하다.

Q. 아래 앞니 영구치가 유치도 빠지기 전에 나와버렸어요.

어떻게 하면 좋을까요?

A. 아래 앞니는 유치가 빠지기 전에 혀 쪽에서 먼저 영구치가 나오는 경우가 흔히 있습니다. 잇몸 속 치아 씨앗이 약간 안쪽에 자리 잡고 있기 때문이지요.

대부분 시간이 지나면 유치가 자연스럽게 흔들리다 빠지지만, 그렇지 않은 경우도 있습니다. 이때는 마취 후 해당 유치를 빼줘야 하므로, 치과 검진이 꼭 필요합니다.

혀 쪽에서 나온 영구치 앞니는 공간만 충분하면 점차 제자리를 찾아 앞으로 나옵니다. 하지만 턱에 비해 치아가 크다면, 삐뚤삐뚤한 배열로 남아 교정 치료가 필요할 수도 있습니다.

다시 말해, 유치가 빠지기 전에 영구치가 나왔다고 해서 지나치게 걱정할 필요는 없습니다. 치과 검진을 통해 상황을 확인하고, 적절한 시기에 개입하면 되니까요.

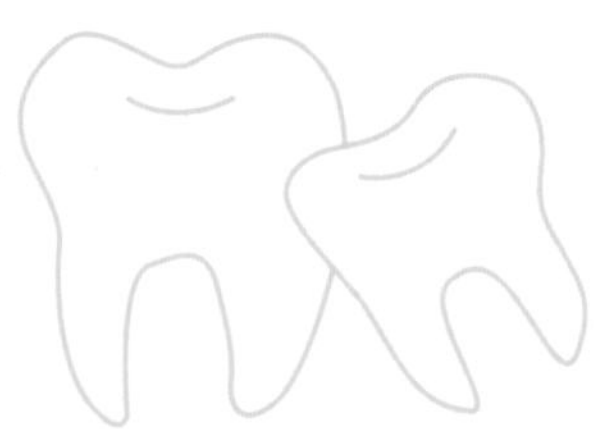

오늘은 충치 검사만
해주세요

"치아 교정을 해야 한다는 사실은 이미 잘 알고 있습니다. 충치 검사만 해주세요."

어느 학생의 어머니가 구강검진 문진표의 '치과의사 선생님께 하고 싶은 말' 칸에 남긴 요구 사항이다. 이 칸은 학생들이 직접 궁금한 점을 적거나, 보호자들이 "아이한테 양치질 좀 잘하라고 해주세요", "콜라 좀 마시지 말라고 해주세요"와 같은 은밀한 부탁을 해오는 창구이기도 했다. 학교 구강검진 시기라 바쁘게 움직이던 와중에도, 이 어머니의 날카로운 글씨체에 유난히 시선이 오래 머물렀다.

잠시 후 해당 어머니와 학생을 진료실에서 만났다. 글씨체를 먼저 봐서 그랬을까. 어머니의 각진 안경테 너머로 날선 긴장감이 느껴졌다. 나는 인사를 하고 곧바로 초등학교 5학년인 남학생 D의 검진을 시작했다. "아~ 해보세요"라고 말하자, 아이는 잠시 머뭇거리더니 천천히 작게 입을 벌렸다.

'아, 이런 문제였구나.'

D는 위 앞니들 중 하나가 없었다. 가운데 큰 앞니 옆의 작은 앞니가 없어서, 그 영향으로 앞니들 사이에 듬성듬성 빈 공간이 보였다. 눈에 잘 띄는 문제였기에, 어느 치과를 가더라도 교정 치료가 필요하다는 이야기를 들었을 것이다. 아니, 참견을 좋아하는 주변 사람들이 지적했을 수도 있다.

"왜 교정 안 해?"

매번 이런 말을 들었을 D의 어머니의 심정이 조금은 이해가 갔다. 교정 치료를 받지 못한 데는 여러 사정이 있었을지 모른다. 경제적인 이유일 수도 있고, 단지 내키지 않았을 수도 있다. 혹은 아이가 좀 더 자란 뒤에 하려고 기다리는 중일 수도 있다. 어떤 경우든 "교정해야 한다", "왜 안 하냐"라는 말을 반복해서 들으면 누구라도 마음이 불편할 것이다. 하지만 그런 마음과는 별개로, 치과의사로서 나는 환자에게 문제점을 알리고 해결 방법을 제시해야 했다. 나는 어머니의 요구대로 충치 치료가 필요한 치아만 설명하되, 교정 치료는 검진표의 '교정 필요' 항목에 표시하는 것으로 마무리했다.

D의 어머니는 충치 치료를 받고 가겠다며 다시 접수했다. D는 종전과 달리 차려 자세로 누워 입을 아주 크게 벌렸다. 질문에 대답도 잘하고 치료도 잘 받았다. 치료를 마친 뒤 거울을 보여주며 양치가 안 되는 부분을 지적했더니, D는 멋쩍은 듯 웃기까지 했다.

나는 차트에 진료 내용을 기록하며 D의 어머니가 학교 구강검진 문진표에 남긴 요구 사항도 입력해 두었다. D의 어머니는 한결 부드러워진 표정으로 다음 약속까지 잡고 돌아갔다. 그 뒤로도 D와 어머니는 주기적으로 치과를 찾았다. 얼마간의 시간이 흐르고 나서, 그동안의 사정을 듣게 되었다.

D의 어머니는 경제 사정이 좋지 않아 당장은 아들의 교정 치료를 해주기 어렵다고 했다. 그런데 D가 어렸을 때부터 앞니 결손치로 인한 부정교합이 심했던 탓에, 어머니는 만나는 사람들마다 왜 교정을 안 해주냐고 물어봐서 줄곧 스트레스를 받았다고 한다. 게다가 이사를 자주 다니느라 치과도 계속 옮길 수밖에 없었고, 새로운 치과에 갈 때마다 교정 이야기가 나와 불편한 감정이 쌓여갔다.

그나마 이번에 이사 온 뒤 우리 치과에 정착하면서 내원에 대한 부담감이 많이 줄었다고 덧붙였다. 그녀는 아들 D에게 나중에 형편이 좀 나아지면 교정 치료를 하자고 이미 이야기해 둔 상황이었다. 하지만 주변에서 계속되는 권유로 아들의 콤플렉스가 심화될까 봐 걱정이라고 했다.

요즘은 사람들이 치아 교정에 대해 잘 알고 있다. 그래서 누군가의 삐뚤삐뚤한 앞니를 보면, '치아 교정을 하면 더 예쁠 텐데. 왜 안 하지?' 같은 생각을 자연스레 하게 된다. 또한 나를 포함한 치과의사들의 보편적인 대응 방식도 달라졌다. 예전에는 학생들의 구강검진 때 '충치가 몇 개인지'에

초점을 맞추었다면, 요즘은 치아 배열에 대한 관심이 높아지면서 "영구치가 다 나온 뒤 교정을 하는 게 좋겠다", "다음 방학 때 교정 진단을 받아보는 것도 좋겠다"라고 설명하는 식이다. 실제로 일부 지역에서는 마치 사교육 열풍처럼 초등학생들 사이에 치아 교정 붐이 일기도 했다.

이런 변화 속에서 누군가는 소외감을 느낄 수 있다. 사실 아직까지도 교정 치료에 대한 장벽이 낮지는 않다. 과거에 비해 치료비가 저렴해지긴 했어도 여전히 고가이고, 긴 치료 기간, 교정 장치 부착으로 인한 불편함 등을 고려할 때 쉽게 결정할 수 있는 일이 아니다. 치아가 고르지 않으면 누구나 교정 치료를 해야 한다는 생각은 사회적 강박에 가까워 보일 정도이다.

D의 어머니 역시 이러한 사회적 강박에서 자유롭지 못한 듯했다. 그녀는 아들 D가 앞니의 부정교합에 콤플렉스가 있을 것이라 확신했고, 사람들이 치아 교정 이야기를 꺼낼 때마다 그 콤플렉스가 악화될까 봐 걱정했다. 그러나 내가 본 D는 그렇지 않았다. 우리 치과에 온 첫날부터 잘 웃었고, 재미난 이야기라도 들려주면 앞니를 한껏 내보이며

환하게 웃곤 했다. 정말로 앞니 때문에 콤플렉스가 있는 사람은 그렇게 웃지 못한다.

D가 처음 우리 치과에서 학교 구강검진을 받을 때, 입을 벌리기를 잠시 주저하던 기억이 난다. 나도 그 당시에는 '혹시 앞니 때문에 입을 벌리기 싫어하는 걸까?' 하고 생각했다. 하지만 시간이 지나 자연스럽게 알게 되었다. 의젓한 D는 자신의 앞니가 아니라 어머니에게 신경을 쓰고 있었다는 사실을. 그날도, 치과 선생님이 또 교정 치료 이야기를 꺼내면 어머니가 속상해할까 봐 노심초사했던 게 아닐까 싶다.

기술이 발전하고 편리해지면서 누구나 당연히 그 기술을 누려야 한다는 인식이 생겨났다. 덕분에 요즘에는 '○○라면 당연히 해야 하는 것들'이 너무 많아 보인다. 이러한 사회적 강박 속에서는 자신의 중심을 잘 잡지 않으면, 이리저리 방향을 잃고 휘청거리게 된다. D의 어머니도 주변의 시선에서 잠시 눈을 돌려, 줄곧 어머니만 바라보고 있던 어른스러운 아이 D와 오래도록 마주 보았으면 좋겠다. 소중한 시간은 언제나 짧기만 하다.

A. 앞니가 하나 없다면, 주변 치아들의 위치도 틀어질 수 있습니다. 그래서 대부분은 전체적인 교정 치료가 필요하지요.

먼저 교정 치료로 치아 배열과 공간을 바로잡은 뒤, 결손치 부위는 보철이나 임플란트로 대체하는 방법을 고려할 수 있습니다.

때로는 보철이나 임플란트를 하지 않고 교정 치료만으로 결손치 공간을 메우기도 합니다.

이처럼 환자의 나이와 치아 배열 상태 등에 따라 치료 계획은 달라집니다. 그러므로 치과에서 검진을 받아보는 것이 우선입니다.

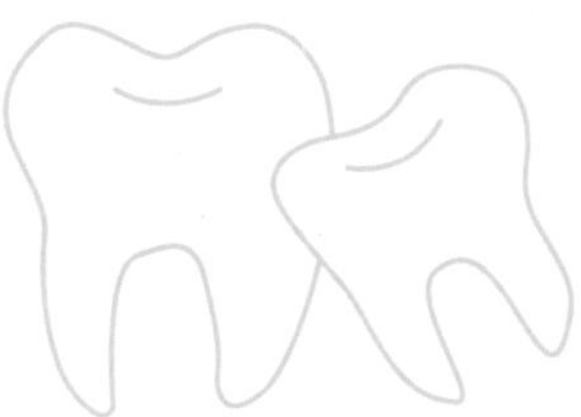

진료 의자 위 사춘기

아들 K의 교정 상담을 위해 치과를 찾은 부모님은 표정이 어두웠다. 이어폰을 끼고 진료 의자에 앉아 있던 K는 긴 앞머리 사이로 나를 힐끗 보더니 다시 휴대폰 화면으로 고개를 돌렸다.

"K야, 선생님 오셨잖아. 이어폰 빼."

보다 못한 K의 아버지가 한마디 했다. K는 신경질적으로 이어폰을 팍팍 빼더니 점퍼 주머니에 대충 찔러 넣었다.

"교정 상담을 받고 싶다고 말씀하셨죠?"

나는 K와의 대화는 과감히 포기하고 부모님에게 물었다.

"네, 치아 교정을 하기는 해야 하는데…."

말꼬리를 흐리는 어머니의 얼굴에 그늘이 졌다. 나는 진료 의자를 눕힌 뒤 K에게 '아'를 해보라고 했다. K는 한숨을 크게 쉬더니 '아'가 아닌 '이'를 했다.

"K야, 선생님이 잘 안 보여. 입을 옆으로 벌리지 말고 위아래로 벌려야지."

내가 약간 강한 어조로 말하자, K는 그제야 '아' 하면서 제대로 입을 벌렸다. 구강 상태는 좋지 않았다. 충치와 치석이 많고 부정교합도 심했다.

진료를 마친 뒤 부모님과 이야기를 나누었다. K는 어려서부터 겁이 많아 치과 치료를 거의 받아본 적이 없었다고 한다. 부모님은 '아이가 크면 좀 나아지겠지', '나중에 치료하면 되겠지' 하며 미뤄왔는데, 오히려 사춘기가 오면서 치료를 받기 더 어려워졌다.

"학교 구강검진에서 상태가 심각하다고 하더라고요. 사실 오늘도 치과 오기 싫다고 버티는 아이를 겨우 데리고 온 거예요.”

K는 교정 치료와 충치 치료 모두 시급한 상태였다. 나는 심사숙고 끝에 부모님에게 충치 치료를 먼저 진행하는 편이 낫겠다고 말했다. 교정 치료를 위해서는 치아 몇 개를 발치해야 했기 때문이다. 원래대로라면 교정 진단 후 발치할 치아를 정하고, 그다음에 충치 치료로 넘어가야 했다. 하지만 K가 교정 치료 자체를 순순히 받을지 의문이었고, 무엇보다 충치 치료는 더 이상 미룰 수 없었다.

“선생님, 그러면 교정 치료는 여기서 못 받나요?”

“사실 치아 교정은 환자의 협조가 반드시 필요합니다. 2년 동안 3~4주마다 꼭 치과에 와야 하고, 양치질도 꼼꼼히 해야 하고요. 어느 정도 본인의 의지가 있어야 가능한 치료예요. 그래도 제가 충치 치료를 진행하며 K와 이야기를 나눠볼게요.”

나의 답변에 K의 부모님은 표정이 조금 밝아졌다.

나는 K에게 충치가 있는 치아 사진을 보여주었다. K는 조금 놀란 눈치더니, 말없이 마취와 치료를 모두 잘 받았다. 마지막에 ‘치료 후 주의 사항’을 전달할 때는 “네” 하고 선선히 대답도 했다. 다만 어머니가 교정 치료 가능성을 이야기하자, K는 가볍게 신경질을 냈다.

K는 충치 치료를 받으러 몇 차례 더 내원했다. 약속을 멋대로 취소한 적도 있었지만, 그럭저럭 순조롭게 치료를 받았다. 치료 중 교정 이야기를 몇 번 꺼냈으나 묵묵부답이었다. 그나마 치과의사 선생님이 이야기하니 거부 표현은 하지 않았다.

'이 정도면 포기해야 할 것 같은데.'

기대를 걸고 있는 K의 부모님이 떠올랐지만, 나는 속으로 고개를 저었다.

그동안 사춘기 아이들의 교정 치료를 하며 속이 탔던 일들이 머릿속을 스쳤다. 몇 달 동안 치과에 오지 않고 잠수를 탔던 아이, 양치질을 전혀 하지 않아 교정 장치가 치석에 파묻혔던 아이, 교정용 철사가 불편하다며 멋대로 빼버렸던 아이… 겨우 치료를 끝냈지만, 치료 과정에서 나도 부모님도 아이들도 모두 힘들었다. 그런 경험을 통해 깨달은 것이 있다. 사춘기 아이들은 스스로 마음을 열지 않으면 설득이나 타협으로 쉽게 움직이지 않는다는 사실이다. 자칫

하면 반발만 불러온다.

K의 마지막 충치 치료 날, 부모님이 오랜만에 함께 왔다. 나는 당장 교정 치료를 하기는 어렵다고 솔직히 말했다. 부모님은 다 큰 아이를 억지로 데려오는 일이 쉽지 않음을 인정하면서도, 교정에 대한 미련을 버리지 못했다.

"K가 나중에 교정을 하려고 할까요? 그나마 한 살이라도 어릴 때 해야 말을 들을 것 같은데…."

부모님은 K가 내적 동기에 따라 스스로 움직이는 모습을 상상하기 어려운 모양이었다. 사춘기 자녀를 둔 부모님들은 대부분 비슷한 마음이지 않을까. 아이가 해야 할 일을 스스로 찾아 움직이길 바라지만, 왠지 상상이 안 된다. 자녀에 대한 확신이 부족하기 때문이다. 내 아이가 기회를 영영 잃을까 봐 마음이 조급해진다. 그 마음은 때때로 아이에게 교정 치료를 억지로 받게 하거나, 싫어하는 학원을 다니게 하거나, 외출을 못 하게 할 수도 있다. 하지만 이런 방식은 자녀의 반발을 부를 가능성이 크다.

그렇다면 사춘기 아이에게 필요한 건 부모의 절대적인 지지와 공감일까. 나는 이 분야의 전문가도 아니고 사춘기 자녀를 키워본 적도 없지만, '믿고 지켜본다'는 태도에 내포된 위험성은 충분히 알고 있다. '네가 원하지 않으면 안 해도 돼'라는 식의 절대적인 지지는 자녀의 자율성을 존중하는 태도이긴 하나, 자칫 방임으로 이어질 수 있다.

결국 정답은 '억지로 시키기'도, '무조건 지지하기'도 아니다. 부모는 아이를 강제로 끌고 가거나 무조건 내버려두는 대신, 옆에서 진득하게 지켜보며 방향을 제시해야 한다. 여기서 '진득하게'는 점진적인 속도를 뜻한다. 부모와 자녀의 관계, 사춘기 아이의 태도는 갑자기 180도로 바뀌지 않는다. 신뢰에는 인내심이 필요하다. 자녀의 태도가 쉽게 변하지 않는다고 해서 섣불리 감정적으로 반응하면, 오히려 역효과가 날 수 있다.

K는 끝내 교정 치료는 거부했지만, 어린 시절부터 미뤄온 충치 치료는 잘 마쳤다. 부모님의 손에 이끌려 억지로 앉게 된 진료 의자였는데도 말이다. 그것만으로도 분명한 변화였다. 나는 K의 부모님에게, 아드님이 참 잘했다고 칭찬을 건넸다. 앞으로 정기검진을 이어가다 보면, 언젠가 K 스스로 교정 치료를 받고 싶다고 말하는 날이 오지 않을까.

A. 중학생 시기에 본격적으로 교정 치료를 시작하는 아이들이 많습니다. 대부분 28개의 영구치가 자리를 잡은 상태이기도 하고, 아이 스스로 교정 치료를 원하기도 하지요.

부모님들 중에는 치료 과정에서 통증이나 음식 섭취 불편, 잦은 치과 내원이 학업에 지장을 주지 않을까 걱정하는 분들도 계십니다. 하지만 교정 치료 중 통증은 대부분 며칠 내로 가라앉는 일시적인 것이고, 치과 내원도 한 달에 한두 번이라 큰 어려움은 없습니다. 교정 장치에 대한 아이들의 적응력은 생각보다 뛰어난 편이랍니다.

오히려 이 시기를 지나 고등학생이나 성인이 되면 학업과 사회생활로 시간을 내기 어려워지고, 적절한 치료 시기를 놓칠 수도 있답니다. 지금 당장의 불편은 스쳐 가는 계절 같은 것이라 생각해 보세요.

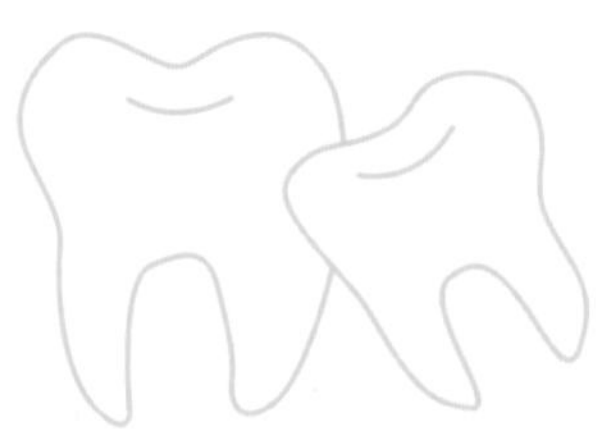

어금니에
작은 구멍 하나

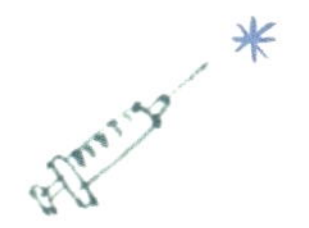

"선생님, 저 어금니에 구멍이 났어요. 불편해요."

만 40개월 된 남자아이 A가 소아진료실로 씩씩하게 걸어 들어오며 한 말이었다.

말솜씨가 예사롭지 않았다. '어금니'와 '불편' 같은 단어를 아는 것도 놀라웠지만, 낯선 공간에서 낯선 나에게 직접 말을 걸었다는 사실이 더욱 신기했다.

"어쩌면 이렇게 말을 잘하나요?"

A의 귀여운 말투에 소아진료실 안의 모두가 함박웃음을

지었다. 훈훈한 분위기 속에 A의 부모님은 밝은 목소리로 말했다.

"선생님, 어제 A가 밥을 먹다가 이가 깨졌다고 하더라고요. 뭔가 딱딱한 게 들어 있었나 봐요."

내 입꼬리는 여전히 웃고 있었지만 속으로는 걱정이 되기 시작했다. 단순히 딱딱한 음식을 씹었다고 해서 유치 어금니가 갑자기 파절되는 경우는 드물다. 오히려 깊은 충치가 원인일 가능성이 높았다.

유치 어금니 충치는 바로 옆 치아와 맞닿은 치아 사이에서 시작해 치아 속까지 깊게 퍼지는 경우가 많다. 처음에는 치아 겉면이 멀쩡해 육안으로 확인하기 어렵지만, 충치가 더 심해지면 가벼운 힘에도 치아 겉면이 깨져 구멍이 생긴다. 이런 모습을 아이나 보호자가 발견해 치과에 오게 되는 것이다.

문제는, 아이가 이렇게 치과를 찾았을 때는 이미 충치가 중등도 이상으로 진행되었다는 점이다. 보호자는 '어금니에 생긴 구멍 정도만 간단히 때우면 되겠지'라고 생각할 수 있지만, 실제로는 충치가 깊어 신경 치료 후 은니로 단단히 씌워줘야 하는 경우가 대부분이다. 또한 구멍 난 유치 어금니뿐만 아니라 다른 어금니에서도 숨어 있던 충치가 발견되곤 한다. 그러면 치료 난이도는 훨씬 높아진다.

역시 A의 어금니에도 충치가 생겨 있었다. 오른쪽 아래 끝에서 두 번째 어금니가 깊은 충치 때문에 구멍이 뚫린 상태였다. 다른 쪽 어금니들도 치아 사이에 음식물이 끼어 있고 치아 색이 탁해 보였다. 어쩌면 다른 어금니에도 충치가 생겼겠다 싶어 엑스레이를 찍어보니 내 예상이 맞았다. A는 거의 모든 어금니 사이에 충치가 있었다.

나는 상담실로 자리를 옮겨 A의 부모님에게 조심스럽게 말했다.

"A에게 충치가 많네요. 아래쪽 어금니가 깨진 것도 충치로 인해 이가 약해져서 그런 거예요. 치료를 많이 받아야 할 것 같습니다."

A의 부모님은 걱정스러운 표정으로 서로를 바라보다가 의아하다는 듯 물었다.

"한두 달 전에 영유아 구강검진을 받았는데, 거기에서는 별말이 없었거든요. 이렇게 갑자기 충치가 많아질 수도 있나요?”

“아이들의 충치는 진행 속도가 정말 빨라요. 한두 달 사이에도 충치가 심해질 수 있습니다. 그리고 영유아 구강검진 때는 엑스레이를 찍지 않잖아요. 아무리 전문가라 해도 육안만으로는 판별하기 어려운 충치도 있답니다.”

유치 어금니의 옆면에서부터 파고드는 충치에 대해 자세히 설명했지만, 그들은 완전히 납득한 표정은 아니었다. 혼란스러워하던 A의 아버지가 입을 열었다.

“선생님, 그러면 치료는 어떻게 하면 되나요?”

A의 파노라마 엑스레이를 보여주며 대략적인 치료 계획을 설명하고, 소아 전문 치과에 가서 치료를 받으라고 권했다. 신경 치료가 필요한 어금니가 네 개나 있었기 때문이다. 소아 전문 치과에서 진정법을 병행하며 치료를 받으면 아이가 더 편안할 것 같았다. A의 부모님은 큰 충격을 받은 듯했다.

최근 영유아 구강검진에서 별다른 소견이 없었고, 아이의 양치질도 잘 지도하고 있었는데, 갑자기 어금니 신경 치료를 네 개나 권하면 얼마나 당황스러울까. 게다가 소아 전문 치과의 진정법까지 필요하다고 하니 충격이 클 만도 했다.

부모님과 상담을 끝내고 소아진료실로 돌아가자, A는 헤드셋을 낀 채 만화를 보고 있었다. 나는 A의 구멍 난 어금니에 임시 재료를 채워주고 진료를 마무리했다.

"어? 구멍이 감쪽같이 사라졌어요!"

A의 감탄 어린 외침에 소아진료실 안의 사람들이 다시 한번 미소를 지었다. 그러나 부모님의 표정은 여전히 어두웠다. 그들은 연신 재잘거리는 아들을 데리고 무거운 발걸음으로 진료실을 나갔다.

영유아기에 충치가 급속도로 증가하는 두 시기가 있다.

첫 번째는 만 1~2세 무렵, 앞니에 유아기 우식증이 발생하는 시기이다. 이 시기의 유아기 우식증은 젖병을 물고 잠드는 습관이 있거나, 모유를 먹는 아이 중 이유기가 늦은 경우에 흔히 생긴다. 초기에는 위 앞니 네 개 정도에 갈색이나 흰색 반점이 생기지만, 더 진행되면 위 송곳니와 어금니에도 충치가 생긴다.

두 번째는 A처럼 만 3~5세 무렵, 어금니와 어금니 사이에 충치가 많이 발생하는 시기이다. 30개월 전후로 맨 마지막 유치 어금니가 나오면서, 두 개의 유치 어금니 사이에 충치가 생기곤 한다. 특히 이때는 어린이집이나 유치원, 학원 등 외부 활동을 시작하며 다양한 간식을 접하는 시기이기도 하다.

두 시기에 생기는 충치에는 큰 차이가 있다. 전자는 앞니에 발생해 발견이 쉬운 반면, 후자처럼 어금니 사이에 생기는 충치는 발견하기 어렵다. 앞니에 유아기 우식증이 생겼던 아이의 부모는 계속 경각심을 갖고 주기적으로 치과를 찾는다. 그러나 그렇지 않았던 부모는 겉으로 보기에 멀쩡한 치아 속에 충치가 있을 거라고는 생각조차 못 한다. 그래서 치과 검진도 영유아 구강검진 정도면 충분하다고 여길 수 있다. 오히려 만 1~2세 무렵에는 충치가 없었기 때문에 만 3세 이후의 정기검진과 구강 위생 관리가 상대적으로 느슨해질 수 있는 것이다.

어린이들은 치과에 자주 와야 한다. 1년에 한 번 하는 영유아 구강검진만으로는 부족하다. 또 영유아 구강검진에는 엑스레이 촬영이 포함되어 있지 않아 아쉽다. 가능하다면 더 자주 치과를 방문해 구강 위생 관리 방법을 배우고, 충치가 의심될 때는 엑스레이로 확인해 보았으면 한다.

마지막 유치 어금니가 나오고 나면, 두 어금니 사이에 음식물이 자주 낀다. 그래서 이 시기부터는 치실을 사용해 세정하는 편이 좋다. 보통 치실은 어른이 된 후 쓰는 도구라고 생각하기 쉽지만, 유아기에도 부모가 대신 치실로 아이의 어금니 사이를 관리해 줄 수 있다. 초등학교 고학년쯤 되면 아이 스스로 치실을 다룰 수 있고, 방법은 치과에서 배우면 된다. 어려서부터 치실을 사용하면 자연스럽게 올바른 구강 관리 습관이 몸에 밴다.

A의 부모님도 이런 사실을 미리 알았다면 상황은 달라졌을지 모른다. 진료실을 나서는 그들의 무거운 발걸음을 바라보며 내 마음도 함께 무거워졌다. 부디 A가 소아 전문 치과에서 순조롭게 치료를 마칠 수 있기를.

A. 맨 끝에 있는 유치 어금니와 그 앞의 유치 어금니는 형태가 독특합니다. 두 어금니는 서로 맞닿은 면이 넓고 평평해서, 그 사이에 음식물이 잘 끼는 편이에요.

두 개의 직사각형이 미세한 틈을 두고 붙어 있는 모습을 상상해 보세요. 치아끼리 맞닿은 면에는 칫솔이 잘 닿지 않겠죠? 음식물도 쉽게 끼고, 넓게 맞닿은 면에 칫솔모가 닿지 못하니 충치가 생길 가능성도 커집니다. 그래서 겉으로는 멀쩡해 보여도, 치아끼리 맞닿은 면에서 충치가 조용히 진행되는 경우가 많습니다.

이런 어금니 사이 충치를 예방하려면 어떻게 해야 할까요? 정답은 '치실 사용'입니다. 자주 하는 것이 어렵다면 자기 전 하루 한 번이라도 어금니 사이에 치실을 사용해 주세요. 그리고 무엇보다 간식을 자주 먹는 습관을 줄이는 것도 중요합니다. 특히 달달하거나 끈적이는 간식은 어금니 사이에 잘 끼어서 충치를 더 쉽게 만들거든요. 치실 사용과 간식 줄이기, 이 두 가지가 어금니 사이 충치 예방에 정말 큰 도움이 된답니다.

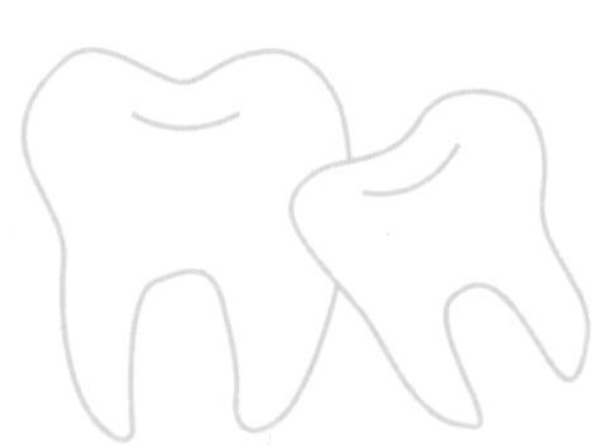

울었던 기억이   또다시 눈물을 부르고

얼마 전 아들 강민이를 데리고 단골 미용실에 갔다. 세 돌도 안 된 어린아이라, 머리를 자르러 미용실에 가는 것도 매번 전쟁이다. 아들은 미용실 입구에서부터 얼굴을 찌푸리더니 원장님의 얼굴을 보자마자 '으앙' 하고 울음을 터뜨렸다. 눈물, 콧물 쏟아내며 나가자고 발버둥을 친다. 내 또래인 미용실 원장님은 늘 있는 일이라는 듯 웃으며 반겨주었다. 하지만 내 마음은 이미 '죄송함'으로 가득 찼다.

"바로 시작할까요?"

원장님은 곧바로 자리를 안내했다. 이런 상황에서는 최대한 빨리 끝내고 나오는 편이 그나마 낫다. 남편은 아들을 다리 사이에 단단히 끼고 의자에 앉았고, 나는 잽싸게 머리를 잡았다. 엄마가 갑자기 머리를 붙잡자, 잠시 울음을 그쳤던 아들의 입술 사이로 다시금 서러움이 삐죽삐죽 새어 나왔다. 그사이 원장님은 가위와 전기 이발기를 번갈아 들며 차분히 머리카락을 잘랐다.

아들은 울다가 그치기를 몇 번 반복하며 그 시간을 버텨 냈다. 머리를 다 자르고 아빠 품에서 빠져나온 아들의 얼굴에는 잘게 흩어진 머리카락과 내 손가락 자국이 남아 있었다. 아들은 쏜살같이 문밖으로 도망쳤다. 남편이 후다닥 뒤를 쫓고, 나는 해탈한 마음으로 원장님에게 카드를 내밀었다. 원장님은 카드와 영수증을 건네며 조용히 말했다.

"올 때마다 우니까 더 우는 거예요. 울었던 기억이 생각나면 또 울게 되거든요. 그러니까 가끔 그냥 놀러도 오세요. 지나가다 한 번씩 들러도 괜찮고."

원장님의 말은 구구절절 옳았다. 나도 어린이 환자의 보호자에게 비슷한 이야기를 한다. 겁이 많은 아이일수록 치과에 자주 와서 긍정적인 기억을 쌓는 게 좋다고. 인형을 꼭 껴안고 누워 있다가 "충치가 없어요"라는 말을 듣고 신이 나서 집으로 돌아가는 경험이 반복되면, 두려움은 점차 사라진다. 그렇다고 해도 원장님의 제안처럼, 우는 아이를 데리고 미용실에 그냥 놀러 간다는 건 개인적으로 쉽지 않았다. 민폐도 그런 민폐가 없을 것 같았다.

하지만 울었던 기억이 다시금 눈물을 부른다는 미용실 원장님의 말에는 깊이 공감했다. 치과에서도 비슷한 경우를 보기 때문이다. 아이가 아플 때만 치과를 찾으면, 아이는 치과에 올 때마다 치료를 받게 된다. 치료 자체도 불편하지만, 이미 통증을 느낀 상태로 온 아이에게는 '치과' 하면 '아프다'는 감각과 울었던 기억이 필연적으로 따라온다. 여기에 치과의 무서운 소리와 낯선 감각이 뒤섞이며 '치과는 아픈 곳'이라는 인식이 눈덩이처럼 커진다. 치과의사의 입장에서는 다소 억울한(?) 일이 아닐 수 없다.

이런 상황을 볼 때마다 어린이 환자 H가 떠오른다. H는 용감하고 침착하게 치료를 견디는 어린이였다. 그날도 흔들리는 위 앞니를 뽑으러 왔고, 여느 때처럼 씩씩하게 발치를 마쳤다. 그런데 진료 의자에서 일어나자마자 갑자기 '와 앙' 하고 울음을 터뜨렸다.

모두가 놀라 이유를 물었더니, H는 옆 테이블을 가리켰다. 방금 발치한 부위를 닦아낸 솜에 피가 많이 묻어 있었던 것이다. 피 묻은 솜을 보고 우는 아이라니, 그때는 그저 귀엽다고만 생각하며 웃었다.

그런데 몇 개월 뒤, 치과를 다시 찾은 H는 달라져 있었다. 늘 밝은 표정으로 인사하던 아이가 그날은 어딘가 불안한 눈빛으로 주변을 두리번거렸다. "아~ 해보세요"라고 하자, 손으로 입을 가리는 시늉까지 하는 게 아닌가. 그때 H의 어머니가 살짝 귀띔해 주었다.

"지난번에 앞니를 뽑을 때 조금 아팠나 봐요. 많이 울었던 기억 때문인지, 갑자기 치과를 무서워하더라고요."

아이들의 심리는 때론 아주 단순하다. 피가 나면 아프다는 사실을 알고 있는 아이들은, 피만 보면 '아플 때의 기억'을 자동으로 떠올린다. 아마 H도 피 묻은 솜을 보고 놀라서럽게 울었던 것을 '너무 아파서 울었던' 기억으로 착각하게 된 것 같다. 시간이 지나면 H는 다시 씩씩한 모습으로 돌아오겠지만, 아이들에게 좋은 기억만 남기는 일이 얼마나 어려운지 새삼 깨달았다.

우리 아들이 다니는 소아과도 그렇다. 의사 선생님도 친절하고 시설도 편한 곳이다. 그런데 아들이 아플 때마다 가서 콧물 흡입을 하고, 예방접종 때문에 주사를 몇 번 맞더니 그 소아과 근처에만 가도 울음을 터뜨렸다. 매번 최소한의 진료만 보고 급히 나올 수밖에 없었다. 그러다 보니 아이러니하게도 영유아 검진처럼, 의사 선생님과 충분히 상담해야 하는 진료는 받기 어려워졌다. 고민 끝에 아들의 4차 영유아 검진은 다른 병원에서 받았다.

치과에서도 비슷한 일이 벌어진다. 예전 페이닥터 시절, 치과에 올 때마다 울던 남자아이가 있었다. 그 아이는 충치가 자주 생겨 치료를 여러 번 받을 수밖에 없었다. 나는 달래기도 하고 붙잡기도 하면서 치료를 이어갔다. 아이의 어머니는 늘 미안하다며 커피와 간식을 사 오곤 했다. 그러던 어느 날, 아이의 어머니에게서 전화가 왔다는 얘기를 들었다. 아이가 이제는 치과 건물의 지하 주차장만 들어와도 울고 드러누워서 도저히 치과에 올 수가 없단다. 결국 다른 치과로 옮긴다는 얘기였다.

그 소식을 듣고 시원섭섭했다. 아이들에게는 새로운 환경이 곧 동기부여가 된다. 아마 그 아이는 새로운 치과에서 좋은 인연을 만나 더 용감하게 치료를 받았을 것이다. 무서웠던 기억, 울었던 기억을 떠올리며 다시금 울먹거리는 어린이 환자를 달래고 설득하는 것보다, 때로는 단순히 환경을 바꿔주는 편이 더 나을지도 모른다.

어른들의 삶도 이와 다르지 않다. 나를 아프고 괴롭게 만드는 것들과 굳이 계속해서 맞서야만 할까. 반드시 이겨내야만 할까. 슬쩍 비켜서거나 다른 곳에서 다시 시작하는 것도 하나의 방법이 아닐지. 그 과정에서 오랫동안 정든 이를 떠나보내야 한다고 해도 말이다.

A. 여러 가지 방법이 있겠지만, 제가 한 가지 소개해 드릴게요.

아이가 치과 검진을 갔는데 충치가 없어서, 검진만 간단히 받고

돌아오는 날이 있을 겁니다. 충치가 없다고, 앞으로도 양치질 잘

하라고 치과 선생님에게 칭찬을 듣고 온 날 말이죠.

그럴 때 아이에게 '오늘 치과에서 있었던 일'을 그림으로 그려보

라고 하세요. 아마 대부분의 아이들이 치과 이미지를 따뜻하고

즐거운 그림으로 표현할 거예요.

그림을 그린 뒤에는 종종 아이와 함께 감상해 보세요. 치과에 관

해서는 부정적인 이야기를 들을 기회가 많아, 금세 다시 무서운

곳으로 변해버릴 수 있거든요. 그러기 전에, 치과에서 가졌던 즐

겁고 친숙한 경험을 자주 상기시켜 주는 것이 중요합니다.

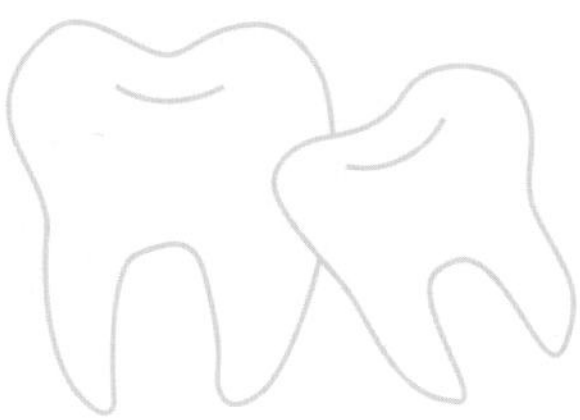

3장

무섭지 않을 거예요

풍선 나라에 왔다고 생각해

다섯 살 W가 '인생 첫 충치' 치료를 받기 위해 진료 의자에 누웠다. 그러자 일곱 살 난 오빠 S가 여동생의 손을 꼭 잡고, 제법 진지한 얼굴로 치과 치료에 대해 이야기하기 시작했다. S도 얼마 전 우리 치과에서 검진을 받았으니 생생한 경험담이었을 것이다. 나는 치과용 장갑을 끼며 그 재잘거림에 귀를 기울였다.

"먼저 풍선 냄새가 날 거야. 눈을 감고 풍선 나라에 왔다고 생각하면 돼."

이 말에 남매의 부모님은 어리둥절한 표정을 지었다. 나는 손에 낀 장갑을 바라보며 고개를 끄덕였다. 치과용 장갑은 고무 재질이라 고무 냄새가 난다. 아이들은 일반적으로 어른들보다 감각이 예민한 편이다. 온몸으로 자극을 느끼고, 그 위에 상상력을 덧씌운다. '누워서 눈을 감고 입을 벌렸는데, 충치 벌레를 잡으러 온 치과 선생님의 손가락에서 풍선 냄새가 나네? 여기는 풍선 나라인 걸까?' 하며 상상의 나래를 펼친다.

S는 특히 감각이 예민한 아이였다. 이런 아이가 적절한 환경에 노출되고 부모와 애착 형성이 잘되면 무궁무진한 상상력을 가진 사람으로 자라날 수 있다. 그런데 감각이 예민한 아이를 양육하는 일은 쉽지 않다. 알갱이의 촉감이 싫어 음식을 뱉거나, 특정 장소의 냄새가 싫다며 나가자고 고집을 피울 수도 있다.

치과 치료도 쉽지 않다. 치과 치료는 인체의 모든 감각을 자극하는 특징이 있기 때문이다. 의사와 간호사의 마스크를 쓴 모습, 치과용 기계가 윙윙 돌아가는 소리, 코를 찌르는 약품 냄새, 소독액의 쓴맛… 감각이 예민한 아이는 다른 아이보다 더 큰 공포를 느낄 수밖에 없다.

S도 역시 우리 치과에 처음 왔을 때 소아진료실로 들어서자마자 울음을 터뜨렸다. 마음이 급해진 어머니가 아들 S를 억지로 진료 의자에 눕히려 하자, 더 크게 울기 시작했다. 나는 S의 어머니에게 그렇게 급할 건 없으니 천천히 하자고 말했다.

여섯 살 난 아이가 스스로 진료 의자에 눕지 못하면 어차피 제대로 된 검진과 치료 모두 불가능하다. 그래서 아이가 스스로 진료 의자에 누워 '아' 하고 입을 벌릴 수 있도록 용기를 북돋아 주는 과정이 첫 치료의 절반이라고 보면 된다.

S는 내가 손에 치과용 거울인 미러를 쥐어주자, 잠시 울음을 멈추고 나를 바라보았다. 나는 아이의 눈동자에 호기심이 차오르는 모습을 놓치지 않았다.

"치과 놀이한 적 있지? 이거, 어떻게 쓰는 건지 아니?"

나의 물음에 S는 미러를 자신의 입에 쏙 넣어 보였다. 그러더니 다시금 울음을 터뜨릴 것 같은 표정이 되었다.

"왜 그러니?"

"거울이 너무 딱딱하고 차가워요."

S는 미러를 뱉어냈다. 나는 다시 한번 아이의 손에 미러를 쥐어주며 말했다.

"응, 감각이 아주 섬세하구나. 한 번 더 넣어볼래? 이제는 좀 괜찮을 거야."

S는 다시 조심스럽게 미러를 자신의 입에 넣고는 입술도 조금 당겨보았다. 한번 입안에 들어갔던 미러는 체온으로 따뜻하게 데워진 상태일 것이다. 이제는 괜찮은 것 같다며 고개를 끄덕거리는 S에게 내가 덧붙였다.

"우리 저기 침대에 누워 거울을 봐도 될까? 선생님이 잘 안 보여서 그래."

S는 진료 의자를 바라보며 잠깐 고민하는 듯하더니, 나를 향해 고개를 끄덕였다. 그러고는 어머니의 도움을 받아 진료 의자에 반듯하게 누웠고, 내가 불빛을 비췄을 때 잠시 얼굴을 찡그렸지만 무사히 검진을 마쳤다.

다행히 충치는 없었다. 감각이 예민하면 양치질에도 거부감을 보여 충치가 생기기 쉬운데, 그렇지 않은 건 고무적인 일이었다. 알고 보니 부모님이 번갈아 가며 아침에는 어머니가, 저녁에는 아버지가 아들의 양치질에 신경을 많이 쓰고 있었다. 처음에는 그야말로 전쟁이었지만, 요즘에는 S 혼자서도 양치질을 할 수 있는 정도가 되었다고 한다.

첫 검진 이후 S는 3개월마다 우리 치과에 왔다. 두려움을 한 꺼풀 벗겨낸 뒤 다시 찾은 치과는 온갖 호기심을 자극하는 흥미진진한 공간이 되었다. S는 기구를 손으로 만지려 하거나 선생님들에게 질문을 쏟아냈다. 특히 뭔가 새로운 재밋거리를 찾아내면 질문을 계속 이어가려고 해서 진료에 차질이 생길 정도였다. 어머니가 그 행동을 여러 차례 제지했지만, '호기심 천국'인 아이를 말릴 수는 없었다.

나는 S의 어머니에게 물었다.

"어머니, S가 그림책 좋아하지요?"

"네, 그런데 본인이 꽂힌 책만 읽어요."

예상대로였다. 나는 S의 어머니에게 치과 이야기를 다룬 그림책을 몇 권 추천했다. 그리고 S에게는 작은 숙제를 내 주었다.

"S야, 엄마가 치과 그림책을 사주실 거야. 다음에는 그 책을 읽고 궁금한 점 한 가지만 선생님에게 물어보도록 해. 다른 질문은 안 돼. 알겠지?"

새로운 관심거리를 획득한 S는 알겠다며 고개를 끄덕이고 돌아갔다.

다음 검진일이 되자, S는 그림책을 안고 소아진료실에 등장했다. 질문 보따리를 풀고 싶어 안달이 난 표정이었다.

"질문은 검진 끝나고 나서 한 개만 할 수 있어. 알겠지?"

S는 선선히 진료 의자에 누워 눈을 꼭 감은 뒤 '아' 하고 입을 벌렸다. 나는 그 모습에 웃음이 터져 나왔다. S의 어머니 역시 웃음을 참고 있었다. 아이가 껴안고 있는 그림책 표지의 주인공하고 자세와 표정이 꼭 닮았기 때문이었다.

다행히 이번에도 충치는 없었다. S는 검진이 끝나자마자 벌떡 일어나 질문 보따리에서 질문을 하나 꺼냈다. 누워 있는 내내 무엇을 고를지 고심하고 있었던 듯하다.

호기심과 상상력이 풍부한 아이들은 돌발 행동을 하거나 질문을 쏟아내 어른들을 곤혹스럽게 만들기도 한다. 이때 어른들을 도와줄 수 있는 친구가 바로 '그림책'이다. 그림책은 아이들이 상상력을 마음껏 발휘하도록 도와줄 뿐 아니라 아이들의 질문에 일부 대답도 해준다. 치과에서도 진료는 거부한 채 끊임없이 질문을 하는 아이들이 있다. 언뜻 보기에는 치료를 받기 싫어 꼼수를 쓰는 것 같지만, 실제로 궁금한 점이 많은데 그게 풀리지 않으니 불안해서 치료를 거부하는 것일 수도 있다. 이럴 때 치과 이야기가 담긴 그림책은 큰 도움이 된다.

S는 예전처럼 폭풍 같은 질문 세례를 퍼붓진 않는다. 아마도 그림책을 읽고 나름의 치과 경험을 쌓으면서 궁금증을 많이 해소한 모양이다. 대신에 가끔 아주 날카로운 질문을 던진다. "선생님은 어디서 충치 치료를 받나요?" 같은 식의.

이제 S는 치과 치료를 받는 여동생의 손을 꼭 잡아줄 만큼 많이 자랐다. 감각이 예민한 S인 만큼, 여동생의 무섭고 불안한 마음을 누구보다 먼저 읽어냈으리라. 그래서 여동생을 풍선 나라로 초대한 것이 아닐까.

A. 네, 도움이 될 수 있어요. 아이들은 형제자매의 행동을 보며 다양한 영향을 받습니다.

먼저 치료를 경험한 언니가 씩씩하게 진료 의자에 앉아 있는 모습을 보고 동생이 용기를 내기도 합니다. 또 누나가 동생의 손을 꼭 잡아주거나 "괜찮아, 아프지 않을 거야"라고 다정하게 말만 걸어줘도 치료가 쉬워집니다.

그러나 반대의 경우도 있습니다. 때로는 먼저 치료를 시작한 형이 우는 모습을 보고, 동생도 덩달아 울기도 하거든요. 즉, 누가 먼저 진료를 받느냐, 분위기를 어떻게 주도하느냐가 중요합니다.

그럼에도 형제자매는 서로에게 든든한 힘이 되곤 합니다. 함께 치료받는다는 사실만으로도 위안을 얻고, 서로 장난을 주고받으며 한결 가벼운 마음으로 치과를 찾을 수 있습니다.

아이가 이제 많이 컸나 봐요

진료실에 환자가 왔다는 콜을 받고 나가 보니, 여자아이가 어머니의 치맛자락을 꼭 잡은 채 고개만 빼꼼 내밀고 있었다. 초등학생 V였다. 오랜 기간 우리 치과를 다녔지만 여전히 겁이 많았다.

"V야, 안녕? 우리 의자에 앉아볼까?"

내가 가까이 다가가 눈을 바라보며 말했다.

V는 새침하게 웃으며 어머니를 올려다본 뒤 진료 의자에 앉았다. 좀 더 어려서는 진료 의자에 앉지 않겠다며 한참

떼를 쓰곤 했는데, 그때보다 훨씬 성장한 모습이었다.

"V야, 오늘은 어디가 불편해서 왔어?"

V는 나를 한 번 쓱 쳐다보고는 고개를 돌려 어머니를 바라보았다.

"원장님, 대학병원에서 충치가 있다고 해서 치료를 받으러 왔어요."

V의 어머니가 대신 대답했다. V는 초등학교 고학년이 되었지만 이제껏 나와 직접 대화를 나눈 적이 한 번도 없었다. 오늘은 괜찮지 않을까 싶어 적극적으로 말을 걸어봤으나 역시 실패였다. 그래도 괜찮았다. 나와 눈도 잘 마주치지 않던 아이였으니까.

현재 대학병원에서 교정 치료를 받고 있는 V는 전반적으로 치아 발육이 더딘 편이었다. 특히 만 10세가 되도록 위쪽 첫 번째 영구치 어금니가 나오지 않았다. 엑스레이에서는 첫 번째 어금니의 씨앗이 보이긴 했다. 하지만 머리의 형태를 갖추고 뿌리까지 생겨야 정상적으로 나올 수 있는데, 동글동글한 씨앗 형태로만 남아 있었다.

이 어금니는 보통 만 6~7세에 나와서 '6세 구치'라고도 불리는, 매우 중요한 치아이다. V의 치아 발육이 느린 편이라 일단 기다려보았지만, 만 10세에도 별다른 변화가 없어 작년에 대학병원 내원을 권했다. 더구나 V는 아래턱도 좁았기 때문에 전체적인 교정 치료가 필요한 상태였다.

"지난주에 교정 치료를 받으러 대학병원에 갔더니, 교수님께서 아래쪽 어금니에 충치가 생겼다고 하시더라고요."

'아' 하고 벌린 V의 치아 상태를 확인해 보니, 과연 아래 어금니에 충치가 생겨 있었다. 이어 전체적으로 검진을 하던 중 깜짝 놀랐다.

"앗, 위 어금니가 많이 내려왔네요?"

그러자 어머니가 아주 기쁜 표정으로 대답했다.

"네. 대학병원에서도 아이의 치아 발육이 워낙 느리니, 우선 좀 더 기다려보자고 하셨거든요. 그래서 아래만 먼저 교정을 하고 있었는데, 최근에 오른쪽 위 어금니가 나왔어요."

오른쪽 위 어금니는 잇몸을 뚫고 얼굴을 내민 상태였고, 왼쪽 위 어금니는 작년보다 뿌리가 많이 자라 곧 잇몸을 뚫고 나올 기세였다. 그동안 전혀 보이지 않던 두 번째 어금니의 씨앗까지 생겨 있었다. V의 치아는 정말 느리지만 천천히 성장하고 있었다.

사실 작년에 V를 대학병원에 보내면서는 조금 비관적인 생각이 들었다. 어금니 씨앗들이 정상적인 치아로 자라기 어려워 보였기 때문이다. 그런데 특별한 치료 없이도 1년 사이에 치아가 모습을 갖추며 나오기 시작한 것이다. 게다가 위쪽 두 번째 어금니들은 아예 씨앗도 보이지 않아 결손치가 될 줄 알았는데, 새로운 씨앗이 생겨난 사실도 놀라웠다. 아이들이 가진 무한한 가능성처럼, 이렇게 맹출하지 못하던 치아들도 큰 잠재력을 발휘한다.

치과에서 아이들의 파노라마 엑스레이를 찍으면, 잇몸 속에서 무럭무럭 자라나는 영구치 씨앗들을 볼 수 있다. 이 엑스레이를 처음 본 사람들은 신기해한다. 씨앗들이 자라면서 머리의 형태를 갖추고 뿌리도 길게 생겨나는데, 이때부터는 이가 어떤 방향으로 날지 어느 정도 예상할 수 있다. 하지만 치아가 나오는 경로는 계속 바뀐다. 장애물이나 염증 등을 만나 방향을 틀기도 하고, 특별한 이유 없이 방향을 바꾸기도 한다.

때로는 이런 과정에서 의사의 개입이 필요하다. 예를 들어 유치 뿌리에 염증이 생겨 영구치의 방향이 어긋나면 해당 유치를 발치해야 한다. 또 바로 옆 유치에 걸려 영구치가 나오지 못하면 유치 일부를 삭제해야 할 수도 있다. 가끔은 이른 시기부터 교정 치료를 받아야 하는 경우도 생긴다.

그럼에도 불구하고 영구치가 나오는 경로는 긍정적인 방향으로 개선되는 경우가 더 많다. 심하게 벌어져 보이던 영구치 앞니가 예상보다 가지런히 나오기도 하고, 도저히 공간이 없어 못 나올 것 같던 송곳니도 턱뼈가 자연스럽게 성장하면서 정상적인 위치를 차지하기도 한다.

성장의 경이로움, 상상을 뛰어넘는 가능성. 그 앞에서 나는 오늘도 조금 더 겸손해진다.

V는 충치 치료를 잘 받고 돌아갔다. 어릴 적 충치가 많아 소아 전문 치과에서 수면 치료를 받은 경험이 있는 V는 치과를 매우 무서워했다. 우리 치과에 처음 왔을 때만 해도 진료실까지 들어오는 데 한참 걸렸다. 그런데 커가면서 점점 그 시간이 줄어, 이제는 주저하지 않고 치료를 받을 수 있게 되었다.

V의 충치 치료가 순조롭게 끝나자 어머니는 감개무량한

듯 말했다.

"이런 날이 오기는 오네요. 아이가 이제 많이 컸나 봐요."

몸이 자란다고 해서 두려움이 저절로 사라지는 것은 아니다. 치과공포증이 있는 어른 환자들도 심심치 않게 볼 수 있으니까. 두려움을 지우고 세상을 향해 한 걸음 내딛는 태도, 이것을 단순히 '컸다'라는 말로 다 담아내기는 어렵다. 어쩌면 이런 걸 가리켜 '성장'이라고 부르는 게 아닐까. V는 '컸다'보다 '성장했다'라는 단어가 더 잘 어울리는 아이였다.

V의 어금니가 자라나 무사히 자리를 잡았듯이 아이도 함께 성장한 것이다. 긍정적인 방향으로.

조만간 V의 왼쪽 어금니가 잇몸을 뚫고 내려올 즈음이면, 치과 선생님과도 자연스레 대화를 나눌 수 있지 않을까. 다음번 치과 검진이 기대된다.

A. 우선 치과에 가서 검진을 받아야 합니다. 단순히 치아의 발육이 느린 경우도 있지만 치아종, 과잉치 같은 방해물 때문일 수도 있습니다. 또 영구치의 위치가 좋지 않거나, 공간이 좁아서 나오지 못하는 상황일 수도 있어요. 이는 엑스레이 검사를 통해서만 확인할 수 있습니다.

물론 시간이 지나면 자연스럽게 영구치가 나오는 경우가 더 많습니다. 다만 '기다리는 것'도 전문가의 진단을 거쳐야 안전합니다. 아무런 확인 없이 기다리기만 하면, 혹시 모를 문제를 제때 발견하지 못해 적절한 치료 시기를 놓칠 수 있으니까요.

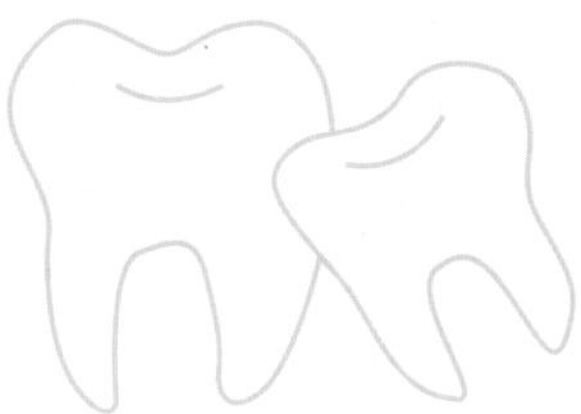

첫 기억

진료실로 들어가니, 한 남자아이가 기다리고 있었다. 태권도복 차림의 C였다. 까치 머리를 한 C는 어른용 진료 의자에 뒤돌아 앉아, 등받이 너머로 나를 빼꼼히 쳐다보았다. 키가 작아 진료 의자 등받이의 절반 정도밖에 닿지 않았다.

'이렇게 작은 아이를 왜 소아진료실이 아닌 어른용 진료의자로 안내했을까?'

C의 차트를 훑어보며 궁금증이 곧 풀렸다. C는 키는 작지만 만 9세였다. 이번에 치과에 온 이유도 "새로 올라오는

영구치 작은어금니에 충치가 생긴 것 같아서”라고 했다. 만 9세에 작은어금니가 올라올 정도면 치아 발육은 오히려 빠른 편이었다.

“사실 C가 소아 전문 치과만 다녔거든요. 일반 치과는 처음이에요.”

C의 어머니는 밝게 인사했지만 얼굴에는 근심이 약간 서려 있었다. 나는 여느 때처럼 검진을 하고 나서, 영구치 두 개에 충치가 있어 치료가 필요하다고 설명했다.

“C야, 걱정하지 마. ○○랑 △△도 여기서 치료받았다고 했어. 선생님께서 잘해 주실 거야.”

C의 어머니가 언급한 두 친구는 나도 잘 아는 아이들이었다. 어머니는 그 친구들의 이야기를 전해 듣고 우리 치과를 찾아온 듯했다. 하지만 막상 일반 치과에서 치료를 받으려니, 아들이 잘 견딜 수 있을지 걱정스러워진 모양이었다. C를 다독이는 어머니의 표정이 오히려 불안해 보였다.

‘이런, 중책을 맡게 되었네.’

순간 정신이 번쩍 들었다. 누구에게나 ‘처음’은 중요하다. 오늘의 첫 경험이 앞으로 C의 치과 인생에 큰 영향을 미칠 수도 있다. 게다가 다음번에 친구들을 만나 "나도 거기서 치료 잘 받았어!"라고 당당하게 말하려면, 오늘 치료를 성공적으로 끝내야 했다.

나는 C에게 치료 과정을 하나하나 보여주며 설명했다. 아이는 침착하게 고개를 끄덕였지만, 커다란 눈동자가 자꾸 흔들렸다.

"C야, 아프거나 많이 힘들면 왼손을 들어."

나는 C의 왼손을 살짝 잡으며 말했다. 곧바로 치료에 들어가려는데, 눈을 꼭 감은 C가 갑자기 왼손을 번쩍 들었다.

"선생님! 돼지코가 하고 싶어요!"

그 말에 나와 C의 어머니는 난감한 표정을 지었다. 아이가 말한 '돼지코'는 소아 전문 치과에서 어린이 환자를 진정시키기 위해 사용하는 웃음가스 장비였기 때문이다. 이름 그대로 '돼지코'처럼 생긴 장비를 코에 끼우고 웃음가스를 주입하면, 아이는 살짝 선잠을 자는 상태로 치료를 받게 된다. 하지만 우리 치과에는 그 장비가 없었다.

"C야, 이제는 많이 커서 돼지코 없어도 괜찮을 거야."

나는 말을 건네며 조심스럽게 치료를 이어갔다. C는 처음에는 울먹였지만, 치료가 생각보다 아프지 않다는 걸 깨닫고는 잘 참아냈다. 치료는 금세 끝났다. 가글을 마친 아이가 진지한 얼굴로 말했다.

"선생님, 이제 돼지코를 해야 될 것 같아요."

"응? 이제 치료가 다 끝났는걸."

"다 끝났다고요?"

C는 깜짝 놀란 표정이었다. 어머니는 웃음을 꾹 참으며, 진료 의자에서 내려온 아들을 칭찬했다.

"봐, 아무렇지도 않지? 오늘 정말 잘했어."

이에 신이 난 C는 어머니의 손을 잡고 씩씩하게 진료실을 나섰다.

누구에게나 '처음'이 있다. 물론 아주 어릴 적의 처음은 기억나지 않겠지만, 조금 더 커서 학령기에 특별한 일을 처음 겪게 되면 그 경험은 잊지 못할 기억으로 각인되기도 한다.

나에게도 그런 기억이 있다. 초등학교 5학년 때 처음으로 혼자 시외버스를 탔다. 인근 도시에서 열린 경시대회에 다녀오는 길이었다. 갈 때는 선생님이 차로 태워다 주셨지만 올 때는 혼자였다. 선생님이 내가 버스를 탈 때까지 지켜봐

주셨으나, 난생처음 혼자 버스에 오르니 얼마나 불안했는지 모른다.

그때 나를 눈여겨본 버스 기사님이 목적지를 물어보시더니, 바로 집 근처에 내려주셨다. 정해진 버스 정류장이 아니었는데도 말이다. 내가 경시대회를 마치고 돌아가는 길이라고 하자 칭찬까지 해주셨다. 대략 "똑똑한 학생이라서 버스도 혼자 타고, 대단하네"라는 내용이었던 것으로 기억한다.

그날 이후 나는 혼자 버스를 타고 도움을 청하는 일이 더 이상 두렵지 않았다. 처음으로 혼자 버스를 타야 했던 긴장된 상황에서 구원투수처럼 나타나 도와주신 버스 기사님의 배려 덕분이었다. 지금까지도 그날의 따스한 기억은 마음 한편에 남아 있다.

자녀를 치과에 데려온 부모님들이 종종 이렇게 말한다.

"치과가 처음이에요."

"소아 전문 치과만 다녔는데, 일반 치과는 처음이에요."

그럴 때마다 나는 기억 속의 버스 기사님을 떠올린다. 혼자 버스에 탄 아이를 살펴주던 버스 기사님의 눈길로 어린이 환자들을 바라보며, 첫 치료가 두려움이 아닌 안도감으로 남기를 바란다. 언젠가 이 아이들도 어른이 되면, 명랑한 하이 톤으로 자신의 '처음'을 격려해 주던 치과 선생님을 떠올리며 어린 친구들의 목소리에 귀 기울이게 되기를.

A. 아기의 첫 치과 검진 시기는 만 1세 전후가 적당하다고 생각합니다.

현재 아기는 위, 아래 유치 앞니가 각각 4개씩 나와 있을 텐데요. 앞니는 부모님이 눈으로 비교적 쉽게 확인하실 수 있습니다. 그래서 충치가 없다면 굳이 이 시기에는 치과 검진이 필요하지 않다고 말하는 사람도 있어요. 실제로 우리나라 1차 영유아 구강검진도 생후 18개월부터 시작되죠.

하지만 만 1세 전후부터는 올바른 양치 방법, 음식물 섭취 습관, 분유병 떼기에 대한 조언이 본격적으로 필요합니다. 또 부모님 눈에는 깨끗해 보여도, 잘 보이지 않는 곳에 충치가 생겼을 가능성도 있어요. 그래서 조만간 생애 첫 치과 검진을 받아보길 권합니다.

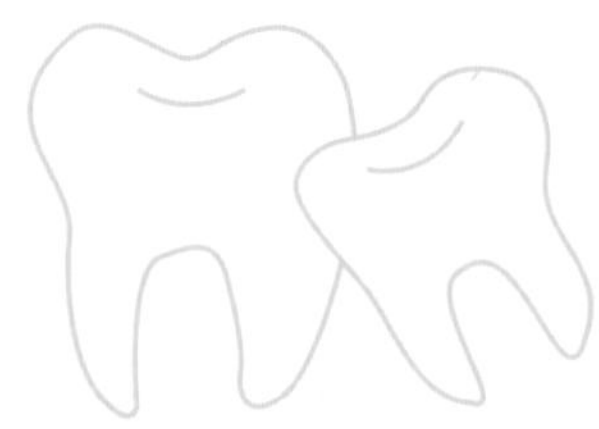

꼭 마취를 해야 하나요?

초등학교 5학년 G가 혼자서 치과에 왔다. 은니를 씌운 유치가 흔들리고 아파서 빼고 싶다고, 데스크 직원에게 차근차근 설명했다.

엑스레이와 검진 결과, 아래쪽 흔들리는 은니 주변에 염증이 생겨 빨갛게 부어 있었다. 드문 현상은 아니었다. 유치가 빠지고 영구치가 올라오는 과정 자체가 자연스러운 염증 반응을 동반한다. 다만 흔들리는 유치 주변에 음식물이 끼면 염증이 더 심해질 수 있다. 문제는, 이런 유치를 뺄 때 아픈 경우가 많다는 것이다. 더구나 G의 유치는 일부 뿌리가 제법 길게 남아 있었다.

'마취를 하고 발치하면 좋겠는데…'

나는 속으로 고민했다. 물론 마취 없이 발치를 해도 큰 문제는 없지만, 가급적 아프지 않게 해주고 싶었다. 그러나 마취를 한다고 하면 대부분의 아이들은 겁부터 낸다. 보호자가 있을 경우 함께 설득하고 달래면 좋겠는데, 하필이면 혼자 온 아이였다. G의 예전 차트 기록을 보니 마취한 경험이 몇 번 있었다. 하지만 자세한 내용이 적혀 있지 않아, 아이의 반응을 예상하기 어려웠다.

"G야, 혹시 예전에 마취했던 거 기억나니?"

그러자 G는 눈을 동그랗게 뜨고 나를 바라보았다.

"네, 선생님. 그런데 저 오늘도 마취하면 안 돼요?"

"어? 마취하고 싶어?"

"네. 마취하면 아프지도 않고 피 맛도 안 나서 좋아요."

"G야, 진짜 대단하다. 마취 주사를 무서워하는 친구들도 많거든."

"그건 그 애들이 해보지도 않고 겁먹어서 그래요."

만 10세 아이가 보여준 삶의 통찰이 놀라웠다. 물론 마취하고 유치를 뺀다고 해서 피 맛이 완전히 사라지는 것은 아니다. 그러나 G는 마취로 인한 얼얼하고 낯선 감각 때문에 피 맛이 나지 않는다고 느낀 듯했다. G의 어머니와 통화한 뒤, 마취 및 발치를 진행했다. 나는 G의 차트에 '마취에 대해 긍정적 반응을 보임'이라고 메모를 남겨두었다.

이처럼 먼저 마취를 하고 싶다고 이야기하는 사람들도 가끔 있다. 사실 나 역시 그런 쪽에 속한다. 선배 치과에서 간단한 레진 치료를 받으며 "마취 좀 해주시면 안 될까요?"라고 먼저 말을 꺼냈다. 선배는 의아한 표정으로 "별로 안 아플 것 같은데?"라고 하면서도 마취 주사를 놓아주었다.

나는 치아 감각이 무척 예민하고 통증에 민감한 편이다. 그래서 언제 찾아올지 모를 통증에 떠느니 차라리 매 한 대 먼저 맞는 심정으로, 미리 마취하고 편안하게 치료받는 쪽을 선호한다. G가 그랬듯이, 나도 마취를 통한 긍정적인 경험이 있었던 것이다. 이 경험이 쌓이면서 치과 치료에 대한 두려움도 조금씩 이겨낼 수 있었다.

하지만 일반적으로 치과 마취 주사는 여전히 두려움의

대상이다. 특히 어린이 환자와 함께 온 보호자들이 자주 묻는다.

"아이에게 꼭 마취를 해야 하나요?"

어른들이 치과 마취를 공포스러워하는 이유는, 아이러니하게도 마취 덕분에 치료 중 다른 통증을 겪어본 적이 없기 때문이다. 그래서 오히려 '마취 자체'를 치료의 가장 큰 고비로 여긴다.

"신경 치료를 하는 것도 아닌데, 마취를 꼭 해야 하나요?"

당연한 말이지만, 어린이 환자가 치료 도중 통증을 느끼면 태도가 급변한다. 울음을 터뜨리거나 치료를 그만두겠다고 소리를 지르기도 한다. 혹은 치료 중에는 잘 참지만, 다음번 방문을 거부할 수도 있다.

나도 초보 치과의사 시절에는 어린이에게 마취를 가능한 한 적게 하려고 애썼다. 아이와 보호자 모두 두려워하는 마취 주사를 굳이 사용하고 싶지 않았던 것이다. 하지만 경력이 쌓이고 노련해지면서 막연한 두려움 이면의 구체적인 진실을 볼 수 있었다.

극단적인 '주사공포증(Needle Phobia)'이 아니라면, 마취 주사에 대한 두려움은 대부분 허상에 불과하다. 어린이 환자들은 더욱 그렇다. 연령에 맞춰 이런저런 대화를 시도하며 주사를 놓으면, 대개의 어린이들은 큰 고통 없이 마취를 견딜 수 있다. 특히 7세 이하 어린이에게는 '주사'라는 단어 자체를 아예 쓰지 않는다.

"○○야, 삐 소리가 나면 모기 요정이 와서 '앙' 하고 물 거야. 그러면 치아 요정이 코 잠들어서 치료할 때 아프지 않아요."

마취가 성공하면 아이들은 편안하게 치료받을 수 있고, 나 역시 치료에만 집중할 수 있어 마음이 가볍다. 어린이 환자를 많이 보는 치과의사들은 저마다의 마취 주사 요령을 갖고 있다.

재미있는 사실은, 일정 시간이 지난 뒤 또다시 마취할 때 이런 대화가 오간다는 것이다.

"○○야, 예전에 치아 요정을 잠재운 따끔한 모기 요정 기억나?"

이렇게 내가 운을 떼면 아이들은 말한다.

"아, 마취 주사요?"

주사라는 말을 한 적이 없음에도, 아이들은 이미 알고 있다는 반응을 보인다. 그만큼 주사에 대한 두려움이 지워진 상태라고 볼 수 있다. 이 정도의 대화가 이루어지면, 아이는 마취 주사임을 알면서도 눈을 꼭 감고 입을 크게 벌린다.

"선생님, 갑자기 하지 말고 꼭 먼저 말한 뒤 주사 놓으셔야 돼요!"

Q. 치과 마취 후 볼이나 입술을 깨무는 아이들이 많다고 들었습니다. 이를 예방할 수 있는 방법이 없을까요?

A. 치과 마취 후에는 어른들도 무의식적으로 볼이나 입술을 깨무는 경우가 많습니다. 조심하라고 몇 번 강조해도 말입니다.

특히 아래쪽 어금니를 마취한 경우, 입술과 혀의 감각이 떨어져 각별한 주의가 필요합니다. 마취가 완전히 풀리기 전까지는 음식 섭취를 피하고, 보호자는 아이가 손으로 입술을 만지거나 치아로 깨물고 있지 않은지 세심히 살펴야 합니다.

부모님들은 흔히 '음식만 안 먹으면 입술 깨물 일은 없겠지'라고 생각하시는데, 제 경험상 오히려 아이가 혼자 조용히 있을 때 입술을 잘근잘근 깨무는 경우가 더 많더군요. 이런 행동을 막으려면, 아이에게 틈틈이 말을 걸어 확인하는 것이 좋습니다. 또 마취가 풀릴 때까지 거즈나 솜을 물려두는 방법도 도움이 됩니다.

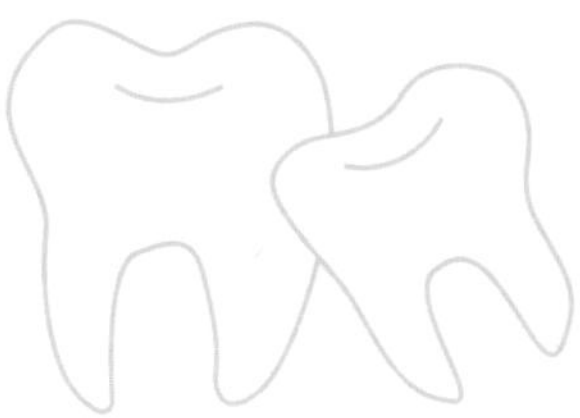

치과공포증 극복하기

"원장님, 사실은 제가 치과공포증이 있습니다."

진료 의자에 앉은 중년 남성 환자 R이 티슈로 이마의 땀을 닦으며 말했다. 방금 전까지만 해도 나와 딸에 대한 이야기를 나누며 웃고 있었는데, 어느새 이마에 땀방울이 맺히기 시작했다.

"시간이 언제 이렇게 흘렀는지… 제가 치과에 마지막으로 갔던 게 벌써 10년 전이더라고요."

옆에 있던 우리 직원이 놀란 표정을 지었다. 나도 속으로는 놀랐지만 태연한 척하며 사연을 물었다. 알고 보니 R은 10대 시절부터 치과공포증이 심해, 나이 들고는 10년에 한 번 꼴로만 치과를 방문했다고 한다.

엑스레이와 검진 결과, 그의 험난한 치과 인생이 어렴풋이 드러났다. 앞니 몇 개가 없고, 치아 사이는 긴 보철물로 연결되어 있었다. 어금니에도 대부분 보철이 되어 있었고, 새로 생긴 충치도 몇 개 있었다. 잇몸 사이는 치석으로 가득 차 있었다.

"어렸을 때 앞니를 다치셨나 봐요?"

오래된 듯한 앞니 보철물을 보며 내가 물었다.

그러자 R은 반가움과 괴로움이 섞인 표정으로 사고 이야기를 꺼냈다. 그는 중학생 때 사고로 앞니가 부러지고 다른 곳도 심하게 다쳐 한동안 병원 신세를 졌다. 가장 힘들었던 건 치과 치료였다. 입원 중 수시로 치과에 갔는데, 치료 내내 통증이 심했다고. 특히 앞니 보철물을 맞추는 과정에서, 보철물이 잘 빠지지 않자 걸쇠를 걸어 망치로 툭툭 두드릴 때 너무 아프고 공포스러웠다고 한다.

"그 이후로는 치과에 누워 있으면 어디선가 망치 소리가 들리는 것만 같았어요."

R은 잠시 말을 멈추고 심호흡을 했다. 물로 입을 여러 번 헹군 뒤, 담담하게 말을 이었다.

"스케일링을 받다가 중간에 포기한 적도 있었어요. 치과에 거의 안 가니까 충치가 잘 생기고, 보철을 해야 하고, 그러면 또 아픈 치료를 받아야 하고…. 악순환이라는 걸 알면서도 어쩔 수 없었습니다."

나는 R의 치료가 쉽지 않으리라 짐작했다. 그는 단순히 막연한 두려움을 느끼는 게 아니라, 분명한 트라우마의 원인을 갖고 있었다. '외상 후 스트레스 장애'에 가까워 보였다. 이 정도면 수면 마취를 권하는 게 낫겠다 싶어 조심스럽게 말을 꺼내자, 그가 결연한 목소리로 말했다.

"원장님, 사실 앞으로는 치과를 좀 꾸준히 다녀보려고 합니다. 하지만 갈 때마다 수면 마취를 할 수는 없잖아요. 이번 기회에 치과공포증을 이겨내 보려고요."

그의 말에서 단단한 의지가 느껴졌다. 나는 여전히 걱정스러웠지만, 그 용기에 힘을 보태고 싶었다.

"그러면 오늘부터 치료하실까요?"

“아니요. 다음 주부터요. 오늘은 검진만 받으러 왔습니다.”

R이 다시 이마의 땀을 닦으며 말했다. 나는 시종일관 긴장한 그에게 농담 한마디를 던졌다.

“설마 10년 뒤에 오실 건 아니죠?”

“하하하, 그럴 리가요.”

R은 웃었지만 조금 뜨끔한 표정이었다. 그는 다음 주 치료를 예약하고 돌아갔다.

약속일이 되자 R은 편한 옷차림으로 치과를 찾았다. 치료를 받기 위해 회사에 휴가까지 냈다고 한다. 신경 치료가 필요한 어금니만 해도 여러 개여서 시간이 오래 걸릴 수밖에 없었다. 그에게 누워 있는 동안 이어폰을 꽂고 음악을 들어보라고 하자, 반가워하는 눈치였다.

그는 마취 후 별다른 통증 없이 치료를 받았다. 간혹 마취를 해도 통증을 느끼는 환자가 있는데, 안 그래서 다행이었다. 하지만 1시간 30분가량의 치료가 끝났을 때 그의 등은 땀으로 흠뻑 젖어 있었다.

‘계속 긴장하고 계셨구나.’

아프지 않게 진행하려 노력했고, 긴장과 스트레스를 덜어주느라 음악도 듣게 했지만, 역시 치과공포증을 이겨내는 데는 시간이 필요해 보였다. 그 후 R은 몇 차례 더 치료를 받았다.

마지막 날, 나는 치료를 마치며 6개월마다 정기검진을 꼭 받으라고 당부했다. R은 조만간 치과공포증에서도 벗어날 수 있을 것 같다며, 아프지 않게 치료해 줘서 고맙다고 말했다. 나는 그가 얼마나 긴장하고 힘들었는지 알기에, 그 따뜻한 인사에 오히려 고마움을 느꼈다.

그로부터 1년쯤 지났을 무렵, 키 큰 여학생이 치과 검진을 받으러 왔다. 그 여학생은 바로 R의 딸이었다. 예전엔 늘 아버지와 함께 치과에 오곤 했는데, 그날은 어머니와 함께였다. 나는 검진을 마치고 어머니에게 남편 R의 안부를 물었다. 그녀는 웃으며 말했다.

"6개월에 한 번씩 치과에 꼭 가겠다고 했는데, 약속을 지키지 못해 민망한가 봐요. 그래서 오늘은 남편 대신 제가 딸아이를 데리고 왔어요."

아내 말에 따르면, R은 여전히 치과 치료를 두려워하고 있었다. 지금쯤이면 우리 치과에서 통증 없이 치료받았던 기억조차 희미해졌을 것이다. 어쩌면 이런 식으로 치과공포증을 극복하려던 시도 자체가 '달걀로 바위 치기'였을지도 모른다.

나쁜 기억은 좋은 기억보다 오래가고 강렬하다. 무의식 깊이 자리 잡은 트라우마를 극복하려면, 긍정적인 경험을 반복적으로 각인시켜야 한다. 치과공포증뿐만 아니라 어떤 공포증도 마찬가지이다. 특정 대상이나 상황, 환경에 극심한 두려움과 불안함을 느끼는 공포증은 심리적인 문제이며, 누구에게나 생길 수 있다.

폐쇄공포증, 광장공포증, 고소공포증…. 이처럼 공포증의 종류는 다양해도 극복 방법은 비슷하다. 먼저 자신의 상태를 객관적으로 인식하고, 작은 도전과 성공을 반복해 나가는 것. 긍정적인 치과 경험을 쌓아가며 치과공포증을 이겨내려는 시도와 같은 맥락이다.

하지만 공포증을 가진 사람에게는 그 시도 자체가 결코 쉽지 않다. R이 다시 치과를 찾지 못하는 것처럼 말이다. 이럴 때 가족과 주변 사람들, 그리고 관계자의 지지는 큰 힘이 된다. 그래서 나는 R의 아내와 딸에게 말했다.

"다음 정기검진 때는 꼭 아버지도 모시고 오세요."

R 혼자만의 의지로는 채워지지 않는 부분을, 그의 가족과 주치의가 나누어 맡자는 뜻이었다. 가족과 나들이하듯 주기적으로 치과에 와서 검진을 받고, 나뿐만 아니라 직원들과도 이런저런 이야기를 나누는 것. 그것이 바로 '긍정적인 치과 경험'이 아닐까. 그렇게 반복하다 보면 어느 순간 치과공포증이라는 단어조차 잊게 되지 않을까.

R의 딸이 진료실을 나서며 유쾌하게 말했다.

"다음에는 꼭 아빠를 데려올게요."

이 가족의 다음 방문이 기다려진다.

 Q. 부모가 치과를 두려워하면, 아이의 치과 경험에도 영향이 있나요?

A. 부모가 치과를 두려워하면 자녀도 치과를 무서워할 것 같지요? 그런데 제 경험상 꼭 그렇지만은 않았습니다.

치과를 두려워하는 부모는 그 두려움을 자녀에게 물려주기 싫어서, 오히려 자녀의 치과 검진을 더 꼬박꼬박 챙기는 경우가 많았어요. 자녀에게는 "치과는 절대 무서운 곳이 아니야"라고 강조하면서 말이에요.

그런가 하면 초등학생 아들이, 치과 치료를 무서워하는 엄마의 손을 옆에서 꼭 잡아주며 치료에 대해 일일이 설명해 주던 모습도 본 적 있습니다.

즉, 부모가 가지고 있는 두려움 자체는 아이에게 큰 영향을 미치지 않습니다. 하지만 부모가 사용하는 언어와 제공하는 환경은 중요한 요소입니다. 아이가 치과에 대한 긍정적인 인상을 가질 수 있도록 도와주세요.

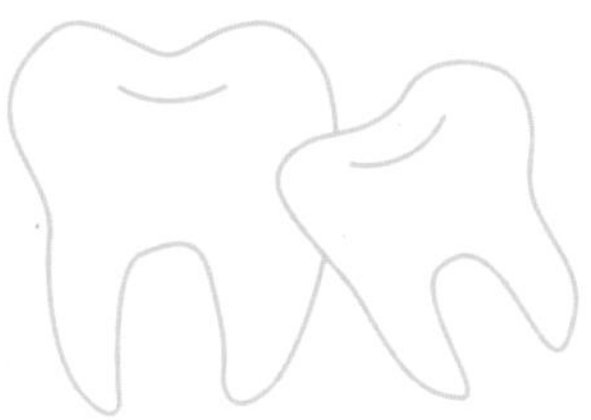

어린이와의 약속을 지켜주세요

어른은 대체로 어린이와의 약속을 가볍게 여기는 경향이 있다. 나도 어렸을 때 일방적으로 약속을 취소당한 경험이 여러 번 있었다. 부모님이 걸스카우트 캠핑을 보내준다고 해서 한껏 기대했는데 결국 가지 못한 일, 주말에 여행을 간다고 해서 손꼽아 기다렸지만 아버지의 회사일로 취소된 일, 심부름을 다녀오면 용돈을 준다더니 약속했던 금액의 절반도 받지 못한 일 등.

지금 돌아보면 다 이해할 만한 사정이 있었을 것이다. 하지만 그때의 나는 제대로 된 사과를 받지 못했고, 그래서인지 그 기억들이 지금까지 선명하게 남아 있다. 그 경험들 덕분에 '나는 나중에 어린이와의 약속도 잘 지키는 어른이 되어야지'라고 다짐하곤 했다.

그러나 막상 어른이 되고 보니, 어린이와의 약속을 지키는 일은 생각보다 쉽지 않았다. 하물며 치과의사라는 직업을 갖고 나서는 더욱 그랬다. 우리 직원들이나 어린이 환자의 보호자들 때문에 종종 거짓말쟁이가 되어야 했다.

"원장님이 하나도 안 아프게 뽑아주실 거야!"

"○○가 그랬잖아. 여기 선생님은 하나도 안 아프게 마취주사를 놓아주신대."

이런 이야기를 옆에서 듣고 있으면 어깨 위로 무거운 돌덩이 하나가 턱 하고 내려앉는 느낌이 들었다. 어떤 때는 아이를 설득하다 지친 어머니가 내 눈을 간절히 바라보며 말한다.

"선생님, 오늘 하나도 안 아픈 거 맞지요?"

그럴 때면 나에게는 사실상 선택의 여지가 없다.

"그럼요. 하나도 안 아파요!"

　기어이 '거짓말쟁이 되기 대작전'이라는 연극에 동참하고 만다. 사실 통증은 개인차가 크다. 같은 치료를 해도 누구는 안 아프고, 누구는 아플 수 있다. 또 마취 주사만 놓아도 통증을 호소하는 사람이 있다. 그래서 "하나도 안 아플 것"이라고 장담하는 것은 완벽한 거짓말이다.

　하지만 때로는 그런 거짓말이 필요한 순간도 있다. 그럴 때 나는 최대한 아프지 않게 치료하려고 노력한다. 아이들에게 거짓말쟁이가 되기 싫어서 발버둥치는 것이다. '비록 시작은 거짓말이었으나 끝은 창대하리라' 되뇌면서.

　운이 좋으면 정말 '하나도 아프지 않게' 치료가 끝나기도 한다. 그러면 나도 덩달아 기분이 좋아진다. 그날은 밥이 술술 넘어간다. 물론 그렇지 않은 경우도 있다. 나름대로 최선을 다했지만, 아팠다며 입술을 삐죽 내미는 아이들을 가끔 본다. 그래도 다행히 지금까지는 "하나도 안 아프다고 해놓고! 선생님은 거짓말쟁이야!"라며 울부짖는 아이는 없었다. 힘들고 아팠을 텐데 그 상황에서도 내 마음을 헤아려준 아이들이 참 고맙다.

　이렇게 얼렁뚱땅 거짓말로 아이들을 달래는 일도 길어

야 초등학교 1~2학년 때까지이다. 이후로는 아이들이 본격적으로 사회적 규범을 학습하면서 사회성이 빠르게 발달하기 때문이다. 어른들이 약속을 자주 어기면 아이들은 신뢰하지 않게 되고, 심하면 좌절감까지 느낀다. 그래서 이 시기의 아이들에게는 지킬 수 있는 약속만 하는 게 좋다.

어떤 아이들은 약속을 지키지 못한 어른들에게 분노하여 공격성을 보이기도 한다. 화난 표정으로 난동을 부리면서 거친 말투로 감정을 쏟아낸다. 이런 공격성은 좌절감의 또 다른 얼굴이다.

오래전 우리 치과에 처음 온 초등학교 고학년 남자아이가 기억난다. 치과에 오기 전에, 아이의 어머니가 "오늘은 이를 뽑지 않고 보기만 할 거야"라고 약속했던 모양이다. 그런데 하필 아이의 유치는 발치가 시급한 상태였다. 내 설명을 들은 어머니가 "그럼 오늘 빼주세요"라고 말하자, 아이가 갑자기 울부짖으며 공격적으로 행동했다. 자리에서 내려와, 신고 있던 운동화를 어머니에게 던지려 한 것이다.

진료실에 있던 사람들이 달려들어 가까스로 제지했지만, 나는 큰 충격을 받았다. 그 사건 이후로 초등학교 고학년 이상의 아이들에게는 이렇게 먼저 묻거나 제안한다.

"오늘 이 뽑을 생각으로 온 거야?"

"오늘 치료를 하면 좋을 것 같은데, 어때? 하고 갈래?"

그러면 대부분의 아이들은 의외로 선선히 "좋아요" 하고 이를 빼거나 치료를 받겠다고 결정한다. 어차피 나중에라도 해야 하는 일이고, 나중에는 더 아플지 모른다고 생각하는 듯하다.

아이들은 자라면서 '미래의 나'를 '현재의 나'와 연결시키는 법을 배운다. 오늘 숙제를 하지 않으면 내일 야단맞으면서 해야 한다는 사실, 오늘 씨를 뿌리면 다음 주에는 파릇파릇한 새싹을 볼 수 있다는 사실을 조금씩 깨닫는다. 이런 깨달음 속에서 아이들은 '자기조절력(Self-regulation)'을 기를 수 있다. 자기조절력은 말 그대로 스스로를 통제하는 능력이며, 자존감을 떠받치는 거대한 기둥이다. 자기조절력을 충분히 갖춘 아이들은 충동적으로 행동하지 않고 인내심을 발휘한다. 그 결과 학습 능력이나 대인 관계 능력도 자연스럽게 좋아질 수밖에 없다.

어떻게 하면 아이들의 자기조절력을 키울 수 있을까? 이

주제를 다룬 다양한 책들이 시중에 여럿 나와 있을 만큼, 육아와 교육에 관심 있는 학부모라면 한 번쯤 고민해 봤으리라.

나는 아이들의 자기조절력이 상당 부분 부모를 비롯한 주변 어른들과의 신뢰 관계 속에서 키워진다고 본다. 어른들이 약속을 잘 지키면 아이도 참고 기다릴 수 있다. 기다림 끝에 달콤한 과실을 온전히 맛본 아이는 스스로 참고 기다리는 아이로 성장한다. 반대로, 어른들이 약속을 지키지 않아 과실을 제대로 맛보지 못한 아이는 번번이 좌절감을 느낀다. 점차 어른들을 믿지 못하고 불안감을 느끼며 충동적으로 행동하게 된다.

그런데 일부 어른들은 상습적으로 아이들과 지키지 못할 약속을 한다.

"오늘은 안 될 것 같아. 다음에 꼭 사줄게."

"이번 주에는 못 갈 것 같네. 다음 달에 꼭 놀러 가자."

그들은 평소와 다름없는 말투로 약속을 뒤로 미루거나 취소한다. 난처하거나 귀찮은 상황을 회피하고 싶은 것이다. 뒷일은 생각하지 않고 충동적으로 행동하는 아이들과 닮아 있다.

지키지 못할 약속 대신, 아이들에게 솔직하게 이야기하면 어떨까.

"주말에도 일을 해야 해서 당분간 멀리 놀러 가기는 어려울 것 같아. 대신 저녁에 산책을 나가면 어떠니?"

아이들이 당장은 실망하겠지만 금세 대안을 받아들일 것이다. 아플 거라는 사실을 알면서도 치과 치료를 받겠다고 스스로 결정하는 아이들이니까. 또 미래를 위해 지금 당장 하고 싶은 일만 할 수는 없다고 이해하는 아이들이니까. 이렇게 약속과 타협하면서 아이들은 조금씩 성장해 간다.

A. 가끔 저도 치과에서 이런 어린이 환자를 만납니다. 저와 보호자는 최대한 아이의 의사를 존중해 주려는데, 아이는 마치 어른들의 맹점을 노리듯 계속 "다음에 치료받겠다"라며 미루는 것이죠.

아이가 몇 차례 그런 모습을 보이면 어른들은 속이 탑니다. 그렇다고 아이에게 "이번에는 꼭 치료받아야 해!" 하고 압박감을 주면, 그동안 아이의 의사를 존중하고자 했던 모든 노력이 헛수고가 되고 말지요.

이런 경우, 치과의사인 제가 개입하여 대화를 유도합니다. 예를 들어 "원래 오늘은 치료받기로 했었는데, 뭐가 그렇게 무서워?"와 같은 대화를 아이와 나누고, 기존 목표를 약간 낮게 수정합니다. "오늘은 ○○만 하고 가자"라는 식으로 타협을 하는 거예요. 시작만 잘하면 ○○ 치료뿐 아니라 그 이상까지 순조롭게 이뤄지기도 합니다. 물론 이것은 부모님이 아니라 치과의사가 주도할 수 있는 방법입니다.

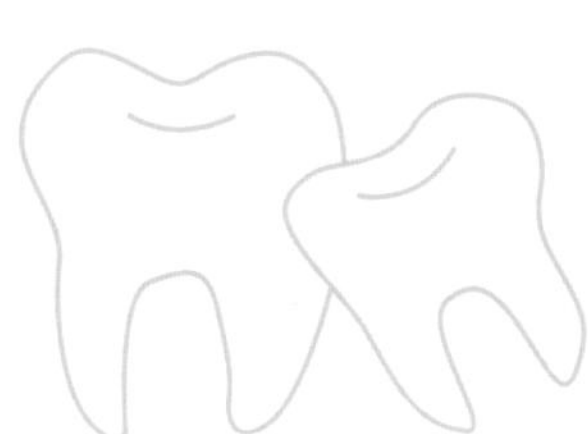

상처를 주고받지 않으려면

진료 의자에 앉아 있던 40대 여성 환자 P가 고무줄로 머리카락을 묶으며 물었다.

"원장님, 저 이제 치료가 다 끝난 거지요?"

"네, 다음 정기검진 때 뵐게요."

나의 대답에 P는 홀가분한 표정으로 몸을 일으켰다. 그때 누군가가 우다다 발소리를 내며 진료실로 달려왔다.

"엄마!"

다름 아닌 P의 어린 아들이었다. 이제 초등학교 1~2학년쯤 되었을까. 처음 보는 얼굴이었다. 어머니가 치과에 다니는 동안 매번 따라온 것 같은데, 진료실에 들어온 적은 없었다. 아마도 오늘이 치료 마지막 날이라 들뜬 마음에 어머니를 마중(?) 나온 모양이었다.

"엄마, 오늘 치과 치료 끝나면 마트에 가기로 했잖아. 빨리 가요."

어린 아들이 손을 잡고 졸라대자, P는 민망한 듯 웃었다.

"누가 보면 네가 치료받은 줄 알겠다."

P의 우스갯소리에 진료실 안의 모두가 소리 낮춰 웃었다. 화기애애한 분위기를 틈타, P는 은근슬쩍 아들에게 말했다.

"○○야, 우리 여기 선생님들한테 치아 좀 봐달라고 할까? 흔들리는 앞니도 한번 봐달라고 하고."

그러자 아들은 어머니의 손을 확 뿌리치며 소리쳤다.

"싫어요! 여기서는 절대로 이 안 뺄 거예요. 나는 △△△ 치과가 훨씬 좋아. 거기에서 뺄 거예요. 여기는 너무 싫어!"

그러고는 진료실을 나가버렸다. 진료실에는 1초 정도 어색한 정적이 흘렀다. 그 정적을 수습한 이는 환자 P였다.

"원장님, 죄송해요. 애가 아직 어리고 겁이 많다 보니…"

"아니요. 정말 괜찮습니다."

P는 나와 눈도 마주치지 못한 채 연신 "죄송합니다"라고 말하며 대기실로 나갔다. 그 뒷모습을 보며 나는 생각했다.

'정말 별일 아닌데…'

아이들은 솔직해서 걸러 말할 줄 모른다. 특히 경계심이 강한 아이는 자신을 보호하고자, 날카롭게 모난 말을 쏟아내기도 한다. 환자 P의 아들도 그 나름대로 절박했으리라. 치과에 다니는 어머니를 따라오긴 했지만, 혹시나 어머니가 앞니를 빼자고 할까 봐 진료실 근처에는 얼씬도 하지 않았다. 그런데 마지막 날, 제대로 위기가 닥쳤다. 그래서 어른들에게 가시 돋친 말을 쏟아내며 '절대로' 치과 치료를 받지 않겠다는 의지를 표현한 것이다.

물론 이러한 기질을 타고난 아이도 성장하면서 변화해 나간다. 조금 더 열린 눈으로 세상을 보고 사회성을 갖추면 자연스럽게 타인의 마음을 들여다볼 수 있다. 그제야 비로소 가시를 걷어내고 공감의 언어를, 때로는 공감의 침묵을 자유자재로 사용하게 된다.

하지만 모두가 긍정적인 방향으로 나아가는 것은 아니

다. 어떤 아이는 경계심이 점점 심해지고, 타인과의 상호 작용을 거부하는 성향이 굳어질 수도 있다. 특히 이런 아이를 양육하고 교육하는 과정에서 주변 어른들이 상처를 받기도 한다.

상처를 주고받는 관계는 쉽게 왜곡되기 마련이다. 어른이 아이의 뾰족한 말에 감정을 담아 반응하면, 아이는 기다렸다는 듯 모서리를 더 날카롭게 갈아댄다. 어른 역시 상처가 누적되면 마음이 취약해지고, 자신도 모르는 사이 말이나 행동에 가시를 두르게 된다. 그 결과 아이는 또다시 상처를 받는다. 이렇게 상처를 주고받는 어른과 아이는 마치 거울 속에 갇힌 듯 살아간다. 어디서부터 시작되었는지 알 수 없는 왜곡된 감정을 서로에게 끝없이 반사하면서 말이다.

그러므로 특히 아이를 키우는 양육자나 약자를 돌보는 사람은 쉽게 상처받아서는 안 된다. 가끔 아이가 지나치게 솔직하거나 모난 말을 해도 포용할 수 있는 심리적 여유가 필요하다.

언젠가 TV 프로그램 〈요즘 육아 금쪽같은 내 새끼〉에서 한 소년이 오은영 박사에게, "선생님은 왜 이렇게 뚱뚱해요?"라고 당황스러운 질문을 던졌다. 그러자 오 박사는 미소를 띤 채 "그러게 말이야. 살 좀 빼야 되는데"라고 답했다. 예의에서 벗어난 질문이었지만, 이를 공감과 호응의 언어로 바꿔 되돌려주는 모습은 마치 마법과 같았다. 이렇듯 쉽게 상처받지 않는 단단한 어른이 아이들을 선순환의 고리로 이끌 수 있다.

단단한 어른은 아이가 사용하는 언어 너머 숨겨진 진실을 외면하지 않는다. 아이가 왜 화가 났는지, 왜 어른들을 화나게 만들려는지 이해하려고 노력하되 감정적으로 대응하지 않는다. 이러한 단단함은 아이에게도 좋지만 어른 자신에게도 이롭다. 그래야 아이를 오래, 건강하게 돌볼 수 있기 때문이다.

아이를 키우는 양육자뿐만 아니라 사회적·신체적 약자를 돌보는 직업을 가진 이들 역시 상처받는 말을 듣기 쉽다. 치통으로 고생하는 환자를 돌보는 치과의사의 경우에도 마찬가지이다. 치과위생사를 비롯한 치과 직원들도 그렇다. 심한 통증 때문에 고생하다가 치과에 온 환자들은 말이 거칠다. 때로는 예전에 자신을 치료해 준 치과 원장을 험담하거나, 대놓고 나를 비난하기도 한다. 그럴 때면 나는 조용히 한마디 한다.

"아이고… 나중에 후회하실 말씀은 이제 그만하세요."

그러고는 평정심을 유지한 채 치료에 들어간다. 실제로 거친 언사를 쏟아냈던 환자들 대부분은 치료를 받고 통증이 완화된 뒤 내게 사과했다.

나는 이제 막 임상에 뛰어든 후배 치과의사들에게, 또 대학을 갓 졸업하고 우리 치과에 입사한 직원들에게 당부한다. 함부로 상처받지 말라고. 의료인이 상처받지 않아야 '방어 진료'에 매몰되지 않고 늘 최선을 다할 수 있다. 사회적·신체적 약자를 오래 돌보고 싶다면, 무엇보다도 내가 상처받지 않는 것이 중요하다.

Q. 아이의 앞니가 흔들리는데 꼭 치과에서 뽑아야 할까요, 아니면 집에서 실을 걸어 빼도 될까요? 아이가 겁이 많아 걱정입니다.

A. 흔들리는 유치 앞니는 대부분 영구치가 올라오면서 자연스럽게 빠지므로, 반드시 치과에서 뽑아야 하는 건 아니에요. 하지만 치과 검진은 필요합니다. 영구치가 잘 올라오고 있는지, 미리 유치를 뽑아주는 게 나을지 검사를 받아보는 편이 좋습니다.

예전엔 집에서 흔들리는 유치에 실을 걸어 뽑기도 했지만, 요즘은 권장하지 않습니다. 잇몸에 상처를 입히거나 통증이 심할 수 있고 위생적인 문제도 있거든요. 게다가 실패하면 아이가 발치 자체를 더 무서워하게 될 수도 있습니다.

또 실을 걸어 유치를 뺄 때 부모님이 "이렇게 안 하면 치과에 가서 빼야 해"라고 말씀하시는 경우가 많은데, 이런 말 자체가 치과에 대한 두려움을 심어줄 수 있습니다. 아이가 겁을 내더라도, 먼저 치과 검진을 받아보는 것이 가장 안전하고 효과적입니다.

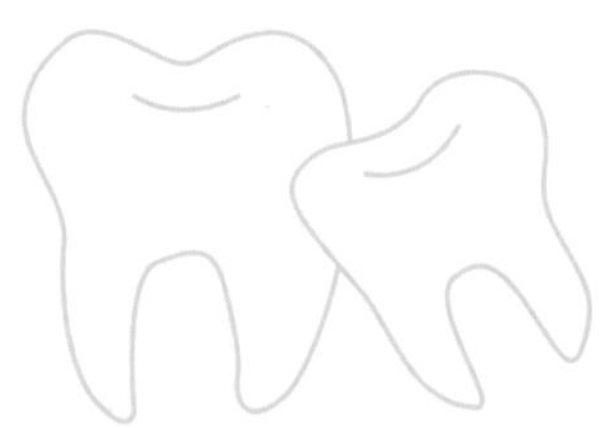

놀이에 몰입한다는 것

일곱 살 어린이 환자 K가 약속 시간이 꽤 지나도록 치과에 오지 않았다. 우리 직원이 아이의 어머니에게 전화를 걸어 보니, 친구들과 놀다가 늦었다고 했다. 20여 분 뒤 치과에 도착한 아이는 얼굴과 머리카락, 티셔츠까지 온통 땀투성이였고 뾰로통한 표정이었다. 아마 더 놀고 싶었는데, 중간에 치과로 끌려와서 심술이 난 모양이었다. 아이의 어머니도 지치고 화가 난 기색이 역력했다.

"죄송해요. 너무 늦어서 샤워도 못 시키고 그냥 왔어요."

면목 없다는 어머니에게 나는 웃으며 눈인사를 건넸다. 진료 의자에 앉은 K의 등은 땀으로 흠뻑 젖어 있었다.

"뭐하고 놀았어?"

"축구요."

"재밌었겠네. 오늘은 아래쪽 어금니 치료를 할 차례야. 별로 아프진 않을 거야."

K는 치료엔 관심이 없어 보였다. 진료 의자에 벌러덩 누워서는 입을 '아' 하고 벌렸다. 치료를 시작하고 몇 분쯤 흘렀을까.

"K야, 지금은 잠깐 입 다물고 있어도 돼."

다른 재료를 준비하며 말을 건넸지만, 아이는 계속 입을 벌린 채 미동도 없었다. 잠시 후 놀랍게도 드르렁드르렁 코를 고는 소리가 들려왔다. 이미 잠에 곯아떨어진 상태였다. 축구를 하느라 꽤 피곤했나 보다.

옆에 있던 직원이 K의 입을 벌려 개구기를 끼워주었다. 혹시 잠결에 입을 다무는 사고를 미연에 방지하기 위해서였다. 아이는 편안하게 잠든 채 치료를 받았고, 치료는 평소보다 훨씬 빨리 끝났다. 마치 수면 마취를 한 것처럼 말이다.

"K야, 이제 일어나. 다 끝났어."

살짝 흔들어 깨우자, K는 소스라치게 놀라며 벌떡 일어나 주위를 두리번거렸다. '여기는 어디? 나는 누구?' 하는 표정이었다. 그러다 마침 진료실로 들어온 어머니를 보더니 금세 안도하는 얼굴이 되었다. K는 어머니 등에 업혀 나가며 졸린 눈으로 "안녕히 계세요"라고 인사했다.

내 경험상, 바깥에서 신나게 놀다가 치과에 오는 아이들은 의외로 무던하게 치료를 받는다. K처럼 체력이 바닥나 몸이 이완되면 차분해지기도 하고, 친구들과 나눈 즐거운 상호작용이 치과 선생님에게까지 이어지는 분위기도 생긴다. 어쩌면 반대로 생각해 볼 수도 있다. 치과 치료를 앞두고 즐겁게 놀 수 있다는 건 원래부터 치과에 대한 거부감이 크지 않았다는 뜻일지도 모른다.

가끔 부모님이 자녀의 치과 치료 예약을 잡으며 묻는다.

"아무래도 치과 치료받는 날은 집에서 쉬다가 오는 게 낫겠지요?"

또 어떤 부모님은 치과 치료가 힘들 거라 생각해 다른 일정을 미리 취소하기도 한다.

하지만 부모님들의 걱정과 달리, 실제로는 외부 활동을 하다가 치과에 온 아이들이 더 편안해 보인다. 아이들은 몸놀이를 하거나 만들기 같은 창의적인 활동을 하며 불안과 걱정을 잊는다. 특히 자발적인 놀이에 몰입할 때는 집중력이 대단해서 불안감이 끼어들 틈이 없다. '오늘 치과 치료는 얼마나 아플까?', '오늘은 무슨 치료를 받게 될까?' 같은 걱정이 들어설 자리가 사라지는 것이다.

어린 시절의 '놀이'는 이처럼 치과 치료의 불안감을 덜어줄 뿐 아니라, 삶 전반에도 큰 도움이 된다. 놀이의 교육적 효과는 이미 널리 알려져 있지만, 내가 생각하는 가장 큰 의미는 '몰입'을 해본 경험 그 자체에 있다.

나 역시 어렸을 때 놀이에 몰입했던 기억이 선명하다. 초등학교 시절, 쉬는 시간이면 교실 뒤편에서 고무줄놀이와 공기놀이를 했고 방과 후에는 친구들, 언니들과 함께 운동장에서 얼음땡이나 사방치기를 했다. 운동신경이 없어서 늘 구박을 받았지만, 뭐가 그리 좋았는지 매일매일 그 놀이에 끼고 싶어 했다.

중학교 2학년 가을, 그때 우리에게는 반 대항 체육대회

준비 과정 자체가 하나의 놀이였다. 담임 선생님이 1등을 강요한 것도 아니었고, 거창한 상품이 있거나 성적에 반영되는 것도 아니었다. 그런데도 우리 반 아이들은 자발적으로 밤늦게까지 학교에 남아 연습했다. 시골 버스를 타고 학교에 다니던 나는 연습을 마친 뒤, 막차를 놓치지 않으려고 미친 듯이 뛰곤 했다. 돌이켜 보면 그것이 내가 10대 시절에 마지막으로 즐긴 놀이였다.

그때의 기억은 지금도 내게 속삭인다. 그렇게 살아야 한다고. 불안을 잊고 삶에 몰입해야 즐겁다고. 20대 때 프리드리히 니체의 《차라투스트라는 이렇게 말했다》를 읽다가 어린아이가 놀이를 하는 것처럼 살아야 한다는 대목에서 '앗, 이거구나' 하고 무릎을 쳤다. 그랬다. 어린 시절의 나는 구박을 받으면서도, 또 어떤 보상이 없어도 온전히 놀이에 빠져 있었다. 의심 하나 품지 않고 말이다.

그런데 지금은 어떤가. 내 머릿속은 온통 쓸데없는 생각들로 가득하다. '앞으로 어떻게 살아야 할까?', '이 일을 계속하는 게 맞을까?', '이건 위험하니 하지 않는 게 낫겠지?' 등을 끝없이 떠올리며 걱정하고 망설인다. 삶에 집중하지 못한 채 자꾸 딴짓을 하는 것이다.

인생을 잘 사는 사람은 어떤 사람일까. 내 생각에는 '어떻게 하면 잘 살 수 있을까?'를 머릿속으로 고민만 하는 게 아니라 그저 하루하루 자신의 일에 몰입하며 살아가는 사람인 것 같다. 나도 언젠가는 어린 시절에 놀이를 즐겼던 것처럼 나만의 재미를 찾고 싶다.

안타깝게도 요즘 아이들은 놀이할 기회가 별로 없다. 사람들은 여전히 놀이보다 교육을 통한 성장과 발달이 더 중요하다고 믿는다. 그나마 몸놀이라 해도 자발적인 놀이가 아닌, '짜여진 프로그램'이 대부분이다.

어린 시절, 놀이에 자발적으로 몰입했던 경험은 평생의 자양분이 된다. 미래의 아이들이 마주할 놀이의 세계는 지금과 달랐으면 한다. 부디 그들도 어린 시절의 내가 그랬듯 인생의 황금기를 충분히 누릴 수 있기를.

A. '아이가 잠든 상태에서 치과 치료를 받으면 위험하지 않을까?' 하고 걱정하실 수 있습니다. 아이들이 잠을 자다가 갑자기 입을 다물거나 작은 기구를 삼킬까 봐 염려되기 때문이지요.

그래서 치과에서는 잠드는 아이들을 위해 입을 벌린 상태를 유지해 주는 '개구기'와, 치료 부위를 격리시키는 '러버댐'을 사용합니다. 개구기를 끼워두면 아이가 무의식중에 입을 다물더라도 안전하게 치료를 이어갈 수 있습니다. 또한 러버댐을 사용하면 구강 내로 이물질이 들어가는 것을 막아주고, 깔끔하게 진료를 마무리할 수 있지요. 물론 아이의 호흡은 치료 내내 주의 깊게 관찰해야 합니다.

사실 아이가 잠이 들면 몸을 움직이지 않아 오히려 치료가 더 수월하고 안정적으로 끝나는 경우도 많습니다. 따라서 크게 걱정하지 않으셔도 됩니다.

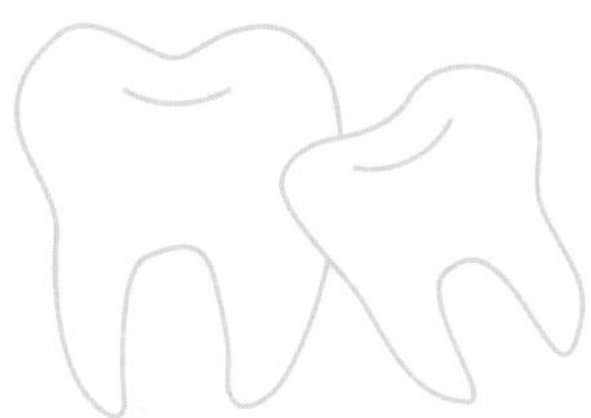

상처와 불안을 넘어

"갈수록 아이들 가르치는 게 힘든 것 같아."

대학 졸업 이후 줄곧 공교육 현장에서 아이들을 가르쳐 온 친구의 하소연이다. 내가 공감의 말을 건네기도 전에 친구가 덧붙였다.

"예전 아이들은 시키면 그냥 하는 경우가 많았거든. 그런데 요즘 아이들은 일일이 이유와 방법을 설명해 줘야 해. 그래서 난 늘 목이 쉬어 있어."

그 말을 듣는 순간 머릿속이 맑아지는 듯했다. 그동안 나

역시 어렴풋이 느끼고 있던 아이들의 변화를 친구가 일목
요연하게 정리해 준 것이다.

친구와 내가 대학을 졸업한 지는 17년 남짓이다. 그동안
아이들이 달라지면 얼마나 달라졌다고 싶을지도 모르겠다.
그러나 시대의 변화가 가속화된 만큼 사람의 변화 속도 역
시 빨라진 건 사실이다.

내가 치과의사 면허를 따고 임상을 시작한 2008년 즈음,
아이들은 진료 의자에 누우면 자동으로 입을 벌렸다. 물론
아주 어리거나 특별히 겁이 많은 아이들은 제외하고. 뭔가
무섭긴 하지만 치과에서는 원래 입을 벌리는 것이라니까,
어른들이 시키는 대로 말없이 따르곤 했다. 가끔은 치료 중
에 아픈데도 말을 못 하고 꾹 참다가 눈물을 흘리는 아이들
도 있었다. 그제야 눈치를 챈 나는 미안한 마음이 들었다.

"○○야, 아팠어? 아프면 왼손을 들라고 했잖아."

그러면 아이들은 창피한 듯 눈물을 닦으며 작은 목소리
로 괜찮다고 말했다.

어른을 귀찮게 하거나 방해하지 않는 것이 어린이의 미
덕으로 여겨지던 시절이다. 물론 이것은 어린이 개개인을

존중하고 귀하게 대접하는 현재의 교육관과는 거리가 멀다. 그 당시 어린이를 위한 교육이나 의료 서비스는 마치 공장에서 일방적으로 찍어낸 기성품 같았다.

요즘은 어떤가. 학교나 학원 선생님, 어린이들을 진료하는 의사 선생님 모두 아이들의 개성을 존중해 준다. 나 역시 특별히 의학적인 원칙에 위배되는 사항만 아니라면 아이들이나 보호자들의 개별적인 부탁을 들어주고, 질문에도 일일이 답해 준다. 때로는 아이들의 특징을 기억했다가 치료에 활용하기도 한다. 모니터로 특정 만화를 틀어주어야 편안해하는 아이, 초등학생이지만 키가 작고 겁이 많아 소아진료실에서 치료받고 싶어 하는 아이 등. 치과에서 무섭고 아픈 기억이 아니라, 존중받았다는 기억을 안고 돌아가길 바라는 마음에서 발휘하는 오지랖이라고나 할까.

어른들이 시키면 다 하던 그 시절의 아이들은 상처가 많았다. 나도 그랬다. 어른들이 하라고 하면, 무서워도 해야 했고 울면서도 해야 했다. 어른들에게 감히 속마음을 털어놓지 못해 끙끙 앓은 적도 있었다. 그래서 나는 나중에 꼭 아이들에게 의견을 물어보고 존중하는 어른이 되기로 마음먹었다. 이런 다짐을 실천해 오는 동안 사회 분위기 역시 아이들을 존중하는 방향으로 흘러왔다. 그래서 그 결과는 어떨까?

예전보다는 좋아진 점이 많다고 본다. 아이들은 표정이 밝아지고 여유가 생겼다. 부모님과 따로 이야기하지 않아도 될 만큼 자기 의사를 표현할 수 있다. 이해가 안 되면 어른들에게 다시 설명을 요청하기도 한다. 그런데 가끔은 과도한 보호와 설명 때문에 오히려 불안해하는 아이들도 있다. 우리 치과에서 치료를 받은 초등학교 고학년 U가 그랬다.

"엄마, 오늘 치료가 끝날 거라고 했잖아요."

내가 옆 진료 의자에서 다른 환자를 보고 있는데, U가 어머니에게 짜증내는 소리가 들렸다. 얼핏 들어보니 U의 치료는 다음에 한 번 더 와야 끝나는 상태였지만, 어머니는 오늘 끝나는 줄 알았던 모양이다. 집에서 인터넷을 검색했을 때 한 번이면 끝난다고 나와 있었기 때문이다.

U의 어머니가 옆에 있던 치과위생사 이 선생에게 물었다.

"오늘 치료를 다 할 수는 없는 건가요?"

"아까 원장님께서 상태를 보셨는데, 염증이 심하다고 하셨거든요. 염증이 가라앉아야 치료를 마무리할 수 있어서 오늘은 어려울 것 같아요."

이 선생의 답변을 들은 어머니는 아들에게 똑같이 다시 설명했지만, U는 여전히 뾰로통했다. 결국 내가 나서서 다시 한번 자세히 설명해 주었고, 아이는 이후 한 번 더 내원해 무사히 치료를 마쳤다.

U의 어머니는 아들을 걱정하는 마음에서 먼저 정보를 찾아보고 전달했을 것이다. 그러나 과도한 정보는 오히려 아이의 불안감을 키울 수 있다. 어머니의 자세한 계획과 설명에 익숙해지면 예상치 못한 상황을 받아들이는 데 어려움을 겪기도 한다.

내가 현장에서 보아온 어린이들은 생각보다 강했다. 아무런 정보 없이 갑작스러운 상황을 맞닥뜨려도 대개는 슬기롭게 넘어간다. 새로운 사람들과 관계를 맺거나 새로운 무언가를 시도할 때의 적응력은 어른보다 뛰어난 경우도 많다. 그렇기 때문에 교육은 어린이들을 존중하되 과잉보호는 지양하고, 그들의 잠재력을 꽃피울 수 있는 방향으로 나아가야 한다.

요즘 같은 정보 과잉 시대의 '불안감'은 어린이들만의 문제가 아니다. 우리 모두 지나치게 리스크를 따져보고 선택을 보류하는 경향이 있다. 사소한 의사 결정에서도 휴대폰을 꺼내 검색부터 하고, 내가 알아본 것과 상황이 조금만 달라지면 불안해한다.

그런데 삶이 늘 계획대로 흘러가던가. 내가 살아오면서 느낀 기쁨과 행복은 주로 예기치 않은 순간에 찾아왔다. 맛집을 검색하지 않고 들어간 식당에서 맛있는 음식을 먹거나, 길거리에서 우연히 옛 친구를 만나거나, 오랫동안 찾아 헤매던 시구를 도서관에서 꺼내든 시집에서 발견할 때처럼. 정보를 검색하는 이유는 더 좋은 결과를 얻기 위해서지만, 지나치면 그만큼 기쁨을 느낄 기회도 사라질 수 있다.

아이들이 상처 한 번 받지 않고, 불안감을 느끼지 않은 채 어른이 되기는 어렵다. 어른이 된 우리도 옛 상처가 욱신거리거나 보이지 않는 불안에 흔들리니까. 그렇기에 아이들을 더욱 다정한 시선으로 지켜보았으면 한다. 아이들이 길 위에서 넘어졌을 때 먼저 다정한 손길을 내밀 수 있도록.

A. 인터넷에서 접하는 정보는 대개 '일반적인 경우'를 기준으로 삼지만, 치과 치료는 철저히 '개인 맞춤형'으로 이루어집니다. 치아의 형태, 충치 깊이, 잇몸 상태 등에 따라 매번 달라지거든요. 그래서 똑같은 신경 치료라도 어떤 환자는 한 번에 끝나지만, 또 어떤 환자는 염증이 심해 여러 차례 나누어 치료하기도 합니다. 더구나 진료 중 예상치 못한 문제가 발견되어 계획이 바뀌는 경우도 있을 수 있고요.

결국 인터넷에서 찾은 정보는 큰 그림을 이해하는 데 도움이 될 수 있지만, 환자에게 딱 맞는 정답은 진료실에서 치과의사가 직접 살펴본 뒤에야 나옵니다. 인터넷이 대략적인 방향을 알려주는 지도라면, 실제 치료는 발품을 팔며 만나는 골목길과 같다고 볼 수 있어요.

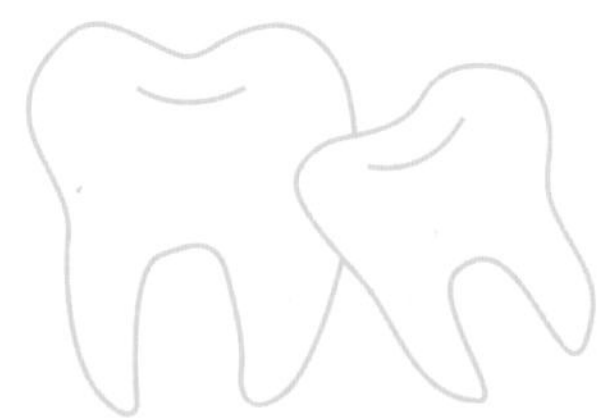

다음에 또 만나요

치과를 개원한 지 그리 오래되지 않았는데도, 어린이 환자들이 자라는 모습에 놀랄 때가 있다. 아주 어려서부터 우리 치과에 다니던 아이들이 어느새 엄마 아빠보다 키가 훌쩍 커져 나타난다. 소아진료실의 작은 진료 의자에 누워 치료받던 그 '작은' 아이가, 나와 눈높이가 비슷한 청소년이 되기까지 고작 7~8년밖에 걸리지 않았다. 이렇게 부쩍 자란 아이들을 보면 늘 감회가 새롭다. 남의 집 아이들 크는 걸 보며 세월의 흐름을 가늠한다는 말이 절로 떠오른다.

D도 그런 어린이 환자들 중 한 명이다. 어느 날 내가 다른 환자를 진료하고 있을 때, 우리 직원이 대기실에서 D의 이름을 부르더니 옆 진료 의자에 앉게 했다. 환자가 들어와 앉는 모습을 힐끗 보며 생각했다.

'D가 아닌가? 어른 환자인 것 같은데?'

살짝 고개를 돌려 다시 봐도, 진료 의자의 헤드레스트를 넘길 만큼 키가 큰 여성이었다. 나는 당연히 동명이인인 줄 알았다. 그런데 옆 진료 의자로 가서 얼굴을 확인하고 깜짝 놀랐다.

"어머나, D야! 키가 정말 많이 컸구나!"

나의 감탄 섞인 인사에 아이는 수줍게 미소를 지었다.

D는 어릴 때부터 말수가 적었다. 그 대신 눈으로 말하는 아이였다. 반가운 눈빛, 무서워하는 눈빛, 호기심 어린 눈빛 등등. 내가 "물어볼 게 있니?" 하고 먼저 말을 건네면, 금세 얼굴이 환해지며 작은 목소리로 질문하곤 했다. 지금은 키가 170센티미터에 달할 정도로 자랐지만, 눈빛과 표정은 여전했다.

"혹시 어디 불편한 데가 있어서 온 거야?"

진료실에 조용히 서 있던 D의 아버지가 대신 답했다.

"오늘은 아래 유치가 흔들려서 왔어요, 선생님."

D는 아버지의 큰 키와 얼굴을 많이 닮았다. 나는 아버지에게 가볍게 인사하며, 그 얼굴에서 새삼 세월의 흔적을 느꼈다.

검진 결과, D는 어느새 마지막 유치의 탈락을 앞두고 있었다.

"앗, 마지막 유치네요."

내 말에 D의 눈빛은 기쁨으로 가득 찼다.

"그런데 D야, 위쪽 작은어금니 두 개에 충치가 생겼어."

아이의 눈빛이 살짝 변했다. 나는 그 변화를 흥미롭게 바라보며 덧붙였다.

"그건 다음에 따로 와서 치료받으면 될 거예요."

말이 끝나자, D와 아버지의 표정에 안도감이 스며들었다.

D는 예정에 없던 치과 치료를 갑자기 받는 걸 두려워했다. 때로는 불안감을 감당하지 못해 울음을 터뜨리기도 했다. 그래서 나는 늘 검진과 치료를 따로 나누어 진행해 왔다. 마음의 준비가 필요한 아이였기 때문이다.

다행히 D의 마지막 유치는 쏙 하고 가볍게 빠졌다. 아이는 솜을 물고 자리에서 일어난 뒤, 아버지와 함께 고개 숙여 인사했다. 부녀는 손을 꼭 잡고 진료실을 나갔다.

D가 앉았던 자리 옆에는 유치 하나만 덩그러니 남았다. 예전에는 항상 뽑은 이를 보고 싶어 하고, 가져가고 싶어 하던 아이였다. 그런데 이제는 쳐다보지도 않고 자리에서 내려온다. D의 눈빛은 여전히 순수하지만, 이제 그 눈동자 속에는 유치보다 더 큰 세상을 담고 있는 듯하다.

나는 수복의 흔적이 선연한 마지막 작은 유치를 내 손바닥 위에 세워보았다. 이 유치는 마지막 임무를 마친 퇴역 장군처럼 꼿꼿해 보인다. 하지만 뿌리에 맺힌 몇 방울의 피가 마르고 나면 이내 생명의 일부였다는 사실마저 잊히고 말 것이다. 나는 물러날 때를 아는 '아름다운 존재'를 떠나보내며, D의 성장기와도 같은 치과 차트를 다시 읽어보았다.

D가 처음 우리 치과를 찾은 건 7년 전이었다. 당시 다섯 살 난 딸이 너무 겁이 많아 치료를 받지 못한다며, 부모님은 딸의 치료를 간곡히 청했다. 나는 가급적 어린이 환자를 억지로 붙잡고 치료하지 않는다. 하지만 D의 아버지가 직접

딸을 잡아주겠다며 정중히 부탁하자, 결국 속박 치료를 시작할 수밖에 없었다.

치료 내내 아버지가 D의 머리를, 어머니가 D의 팔과 다리를 꽉 잡아주었다. 유치 어금니의 신경 치료와 은니를 씌우는 과정이라, 시간도 30분 가까이 걸렸고 난이도도 꽤 높았다. 다행히 치료는 무사히 끝났다. 나는 땀과 눈물을 흘리던 D의 가족에게 이렇게 말했다.

"이처럼 아이를 붙잡고 치료하는 것은 오늘이 마지막이면 좋겠어요."

나의 바람은 현실이 되었다. 이후로는 속박 치료가 필요 없었다. D는 꾸준히 치과에 와서 정기검진과 불소 도포를 받았고, 이듬해 작은 충치를 치료할 때도 혼자서 가만히 누워 있었다.

치료 직전까지 D의 부모님은 "아이를 붙잡고 치료해야 하지 않을까요?"라며 염려스러운 마음을 내비쳤지만, D는 보란 듯이 잘해 냈다. 부모님도 모르는 사이에 아이는 많이 성장해 있었다. D가 치료를 마치고 부모님에게 의기양양한 눈빛을 보내던 순간, 두 분이 기뻐서 어쩔 줄 몰라 하던 모습이 지금도 생생하다.

D는 아래 유치 앞니가 빠지기도 전에 안쪽에서 영구치 앞니가 올라왔다. 이런 경우 대개는 마취를 하고 유치 앞니를 뽑아준다. 차트를 보니 D 역시 마취 후 발치했다고 기록되어 있었다. 그런데 특별히 내 기억에 없는 걸 보면, 그때도 무난하게 치료를 받았던 모양이다. 영구치 어금니가 났을 때 예방 치료인 치아 홈 메우기를 했고, 간단한 충치 치료도 몇 차례 더 받았다는 기록이 남아 있었다.

그 후 내원 횟수가 점차 줄어들었다. 집이 원래 가까운 편도 아니었고, 요즘 아이들이 그렇듯 학원과 체험 활동 등으로 한창 바쁜 시기이기도 했다. 최근에는 흔들리는 유치가 생기면 뽑으러 오는 김에 충치 검진도 함께 받는 정도였다. 이제 마지막 유치까지 뽑았으니, 당분간 D를 치과에서 만날 일은 없을 것이다.

누군가와 맺은 인연이 뜸해진다는 건 서운한 일이다. "엄마, 엄마" 하며 나를 졸졸 따라다니던 아이가 어느새 훌쩍 자라, 내 앞에서 친구와 귓속말을 나눈다고 상상해 보라. 엄마의 마음이 어떻겠는가. 이제 서서히 핏방울이 말라가는 유치를 바라보며, 나는 문득 언젠가 엄마로서 느끼게 될 서운함에 대해 생각했다.

멀리서 D가 "안녕히 계세요!" 하며 치과를 나가는 소리가 들렸다. 별 탈 없이 커가는 아이들의 성장을 지켜볼 수 있다는 것은 분명 큰 행복이다. 그런데도 가끔 아쉽고 섭섭한 마음이 드는 건 어쩔 수 없다.

A. 보통 유아기와 초등학교 시절에는 충치가 잘 생기고, 유치가 빠지는 등 변화도 많아 3~4개월마다 정기검진을 받으라고 권합니다. 그런데 중학생이 되면 영구치가 거의 자리를 잡은 상태여서 구강 환경의 변화가 줄고 양치질도 스스로 잘하게 되죠. 그래서 이 시기부터는 6개월에 한 번만 치과 검진을 받아도 충분할 수 있습니다.

다만 예외가 있어요. 충치가 자주 생기거나, 치아 교정 시기를 판단하기 위해 주기적으로 관찰해야 하거나, 양치 습관이 미흡하고 간식이나 음료를 자주 섭취한다면 여전히 짧은 간격으로 치과 검진을 받아야 한답니다.

아이가 오랜 시간 다녔던 치과의 담당 선생님이라면 아이에게 적절한 정기검진 간격을 제시해 줄 수 있을 거예요.

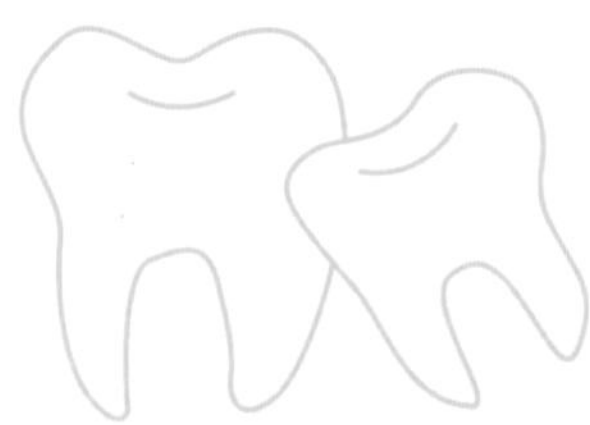

쿠키와 스티커 사이

나는 어른이 되고, 치과의사가 된 뒤에야 알았다. 말에도 사람의 마음을 움직이는 '힘'이 있다는 것을. 아무리 정성껏 치료에 임해도 환자를 웃게 만들기란 쉽지 않다. 그러나 말 한마디만 잘 건네도 환자는 몇 초 만에 미소 짓는다.

내 아이에게 사랑이라는 감정을 전할 때도 마찬가지이다. 사랑을 행동으로 표현하려면 몸과 마음을 오래 헌신해야 하지만, 잠들기 직전에 "사랑한다"라고 한마디만 속삭여도 아이는 감았던 눈을 살짝 뜨며 입꼬리를 올린다.

환자와의 관계도 다르지 않다. 치료 후 통증 때문에 언짢은 표정으로 앉아 있는 환자에게 "이렇게 아프셔서 어떡해요", "고생이 많으시지요" 하고 조용히 한마디 건네면 표정이 금세 누그러진다. 치과의사인 내가 통증 없이 치료할 수 있는 완벽한 실력을 갖추기란 불가능에 가깝다. 하지만 환자에게 위로와 공감의 말을 전하는 일은 그보다 훨씬 쉽다. 이처럼 '말'은 행동만으로는 전하기 어려운 감정을 표현해주는 수단이자, 불완전한 삶이 부드럽게 흘러가도록 자잘한 틈을 메워주는 도구이기도 하다.

그러나 때로는 말이 우리 마음에 구멍을 낼 때도 있다. 시외버스로 출퇴근하던 시절, 거의 매일 아침 들르던 카페가 있었다. 그곳에서 버스를 기다리며 커피와 베이글로 아침을 해결하곤 했다. 그 시간에는 자리에 앉아 먹는 손님이 거의 없어서, 카페 사장님과도 얼굴을 익히게 되었다. 그러던 어느 날, 카페에 명랑한 여성 손님이 들어왔다. 그 손님은 사장님에게 칭찬을 늘어놓았다.

"사장님, 어제 샌드위치 사 간 사람인데요. 정말 맛있었어요! 직접 만드시는 거 맞죠? 이 카페는 어제 처음 왔는데,

앞으로 자주 오려고요!"

사장님은 고맙다며 쿠키를 서비스로 주겠다고 했다. 그러자 손님이 기뻐하며 다시 한번 칭찬을 쏟아냈다. 그 모습을 보고 있자니 기분이 조금 가라앉았다.

'2년 넘게 거의 매일 와도 서비스로 무언가 받아본 적이 없는데, 이제 겨우 두 번 온 손님에겐 서비스를 주시네?'

이해가 안 되는 일은 아니었다. 직접 정성껏 만든 샌드위치를 알아봐 주고 맛있게 먹어준 손님이다. 게다가 어떤 손님에게 서비스 쿠키를 주느냐는 전적으로 사장님 마음에 달려 있다. 그러니 애초에 서운함을 느낄 이유도 없었다.

나 스스로 생각해도 좀 유치했지만, 출근한 뒤에도 그 장면이 계속 머릿속을 맴돌았다. 기분이 상한 이유는, 바로 옆에서 대화를 듣고 있던 나에 대한 배려가 부족했기 때문이다. 사장님이 내 기분을 조금이라도 의식했다면 나 모르게 조용히 쿠키를 건네지 않았을까.

그 일을 통해 나는 다시 한번 말의 위력을 실감했다. 사장님이 손님에게 쿠키를 주게 된 계기도 말 한마디였고, 내 기분을 상하게 만든 것도 말 한마디였다.

'사소한 대화가 제3자에게도 이토록 큰 영향을 미치는구나. 앞으로는 나도 조심해야겠다.'

그렇게 다짐한 지 얼마 지나지 않아, 우리 치과에서 비슷한 일이 벌어졌다.

우리 치과에 다니는 어린이 환자의 어머니가 컴플레인을 해왔다. 그동안 본인이 다른 환자들도 많이 소개해 주었는데, 아들 T만 스티커 선물을 받지 못했다는 것이다. 친구 ○○랑 △△까지 스티커를 받았다는 얘기를 듣고, 아들이 많이 섭섭해했다고 한다.

확인 결과, 선물을 받은 두 친구는 유난히 겁이 많은 아이들이었다. 진료실에 들어가는 것조차 무서워해서, 데스크의 직원이 작은 보상으로 스티커를 건넸던 것이다. 반면에 T는 보상 없이도 치료를 잘 받다 보니 오히려 스티커를 받지 못했다. 다행히 데스크 직원으로부터 자초지종을 들은 T의 어머니가 이해해 주어, 그 일은 무사히 마무리되었다. 하지만 T의 입장에서는 충분히 서운함을 느낄 만했다.

어떻게 하면 이런 문제를 예방할 수 있을까. 가장 먼저 떠오른 방법은 두 가지였다. 스티커를 모든 어린이 환자들에게 주는 것, 혹은 아예 아무에게도 주지 않는 것. 우선 모두에게 스티커를 선물할 경우, 본래 의도가 퇴색되고 환자를 유인하려는 것으로 보일 수 있다. 반대로 스티커 선물 자체를 없애는 방안도 진지하게 고민했다. 불필요한 오해를 원천적으로 차단할 수 있고, 사실 선물로 아이들의 행동을 조절하는 '외적 보상' 자체가 교육적으로 옳지 않다는 생각도 있었기 때문이다.

하지만 외적 보상이 이상적인 방법은 아닐지라도, 어린이 교육이나 치료 현장에서 완전히 배제하기는 어렵다. 설득이 통하지 않는 어린이 환자를 단번에 진료 의자에 앉힐 수 있는, 아주 현실적인 방법이기 때문이다. 일단 외적 보상은 아이들에게 '경험해 볼 기회'를 제공한다. 좋은 경험과 기억이 쌓이면 언젠가는 외적 보상 없이도 스스로 움직이게 된다. 물론 계속해서 외적 보상에만 의존하는 것은 바람직하지 않다. 그러나 스스로 동기를 찾기 어려운 아이들에게는 충분히 의미 있는 출발점이 될 수 있다.

결국 우리 치과에서는 지금도 여전히 일부 어린이에게만 스티커 선물을 주고 있다. 비합리적인 방법처럼 보이지만,

다양한 성격의 아이들이 긍정적인 치과 경험을 쌓을 수 있도록 고민 끝에 내린 결정이다. 어쩌면 이로 인해 누군가가 다시 컴플레인을 할지도 모른다. 나 역시 카페에서 경험했듯, 공평하지 못한 서비스는 누군가의 마음을 상하게 할 수 있으니까. 비록 서비스가 모든 이에게 공평해야 한다는 법은 없지만 말이다.

누군가가 이 일로 다시 문제를 제기한다면 어떻게 해야 할까. 지난번 우리 직원이 T의 어머니께 그랬듯이 사정을 솔직히 말씀드리고 이해를 구할 생각이다. 세련된 대책은 아닐지 몰라도, 우리의 인간적인 의도를 전할 수 있는 가장 '인간적인 방법'이라 믿고 있다.

얼마 전 T가 오랜만에 정기검진을 받으러 왔다. 여전히 의젓하게 검진과 치료를 받는 모습이 대견했다. 친구들만 선물을 받아서 속상했을 텐데, 밝은 표정으로 치과에 와준 것이 고마웠다. 나는 진심을 담아 말했다.

"T야, 항상 씩씩하게 치료를 잘 받아줘서 선생님이 얼마나 고마운지 몰라."

T와 어머니처럼 이해해 주는 분들, 그리고 나나 우리 치

과에 서운함이나 작은 불만이 있었더라도 계속 찾아와 주는 분들에게 새삼 고마움을 느꼈다.

나는 문제의 '쿠키 사건' 이후로도, 지금 사는 동네로 이사 오기 전까지 꾸준히 그 카페를 찾았다. 버스를 기다리기에 적당한 장소였고, 늘 쾌적했으며, 커피와 빵도 맛있었기 때문이다. 그리고 사장님도 친절했다. 시간이 지나자 섭섭했던 감정조차 희미해졌다. 어쩌면 사장님에게도 나름의 사정이 있었을지 모른다는 생각이 들었다.

이사를 앞두고 마지막으로 들렀을 때 나는 사장님에게 작별 인사를 건넸다. 이제 이사를 가서 자주 오기 어려울 것 같다고, 그동안 정말 맛있게 잘 먹었다고. 혹시 내가 갑자기 나타나지 않으면 마음을 쓸까 봐 일부러 꺼낸 말이었다. 사장님은 오히려 자신이 더 고맙다며 내 앞날을 응원해 주었다.

카페 문을 나서며, 나는 속으로 슬며시 웃음 지었다.

'그래도 마지막인데, 서비스 쿠키 하나쯤 주실 만하지 않나?'

A. 영유아의 경우, 두려워하는 치과 치료를 잘 받을 수 있도록 부모가 선물이나 간식 등 보상을 주는 것은 자연스러운 일이에요. 하지만 8세 초등학생이라면, 충분히 성취감 같은 내적 동기에 의해 스스로 행동할 수 있는 나이입니다. 그런데 여전히 물질적인 보상을 바란다는 것은 어쩌면 치과 치료와 치아 관리를 자기 일이 아니라 엄마 아빠의 일이라고 생각하기 때문일 수 있어요.

양치질을 열심히 하는 것, 치료받을 때 스스로 입을 크게 벌리는 것 모두 아이 자신을 위한 일임을 강조해 보세요. 그리고 치료를 잘 받거나 치과의사 선생님에게 칭찬을 받으면, 옆에서 함께 칭찬해 주세요.

아이에게 '스스로 해냈다'는 성취감 자체가 큰 보상이라는 사실을 깨닫게 하는 것이 중요합니다. 이런 경험은 치과 치료뿐 아니라 아이의 삶 전체에도 든든한 밑거름이 됩니다.

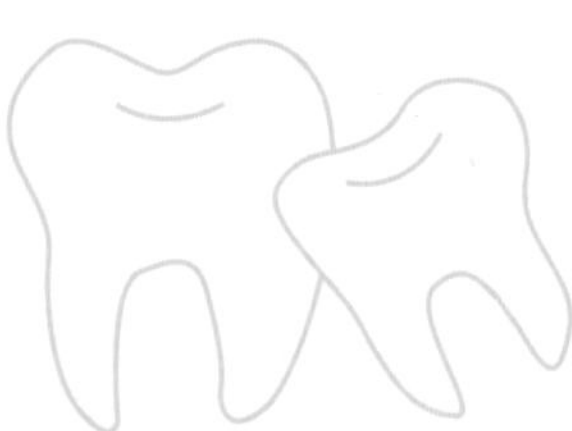

느린 걸음을 지켜보며

가끔 근처 주간보호센터에 머무는 어르신들이 치과에 오신다. 거동이 불편하고 의사소통이 쉽지 않은 분들이 많아, 더욱 세심하게 신경을 써야 한다.

"아시겠죠? 오른쪽으로 씹으면 안 돼요. 왼쪽으로 씹으세요."

만 나이 여든다섯, 호호백발의 할아버지는 내 신신당부에 고개를 끄덕이는 듯했지만 영 미덥지 않았다. 옆에 있던 치과위생사 김 선생에게 눈빛을 보내자, 눈치 빠르게 대기실에 있던 요양보호사를 데리고 들어왔다. 내 설명을 들은 요양보호사는 할아버지의 얼굴 가까이에서 쩌렁쩌렁한 목소리로 외쳤다.

"어르신! 오른쪽으로 씹으면 안 되고, 왼쪽으로 씹어야 한대요! 들으셨어요?"

"엉, 왜?"

"치료 중인 어금니가 아플 수도 있대요!"

"그래, 알겠어."

할아버지는 마치 딸을 대하듯 친근하게 말씀하셨다. 요양보호사는 익숙한 손길로 할아버지를 부축하며 우리에게 인사를 건넸다.

"감사합니다! 다음 주에 뵐게요!"

여전히 진료실이 울릴 만큼 큰 목소리였다. 귀가 어두운 어르신들과 함께 생활하다 보니, 자연스럽게 눈을 맞추고 또렷하게 말하는 습관이 몸에 밴 듯했다.

'요양보호사님들도 참 힘들겠구나.'

나는 조심스레 걸어가는 그 뒷모습을 바라보며 생각했다.

요양보호사는 어르신들에게 친절히 설명하고, 이야기에

도 귀를 기울여야 한다. 또 모시고 다니며 나 같은 제3자와 대화를 나누거나, 가족과 통화할 일도 많을 것이다.

어르신들을 모시고 치과에 오는 요양보호사들이 참 고맙다는 생각이 든다. 나 대신 설명도 전달해 주고, 진료실까지 부축도 해주니 얼마나 든든한가. 가끔 보호자 없이 혼자 치과에 오는 고령 환자를 보면, 요양보호사들의 역할이 새삼 크게 느껴지기도 한다.

얼마 전 치과를 찾은 J 할아버지의 경우도 그랬다. 여든을 훌쩍 넘긴 할아버지는 지팡이에 몸을 의지한 채 꼿꼿이 혼자 오셨다. 그날은 발치를 해야 했는데, 의사소통이 쉽지 않았다.

"요즘에 약, 뭐 뭐 드세요?"

꽤 큰소리로 물었으나 답이 없었다.

"혹시 보호자분 안 계세요? 자식들이라거나. 이 빼고 혼자 댁에 가시기는 어려울 것 같아서요."

고령 환자의 발치는 신중해야 한다. 발치 후 갑자기 기력이 빠질 수도 있고, 복용 중인 약물에 따라 일반적인 발치가 어려운 경우도 있다. 그래서 나와 직원들이 수차례 대화를 시도했지만, J 할아버지는 묵묵부답이었다. 그러다 마침내 입을 여셨다.

"아들이 있긴 한데, 바빠서… 연락하면 안 돼."

끝내 보호자 연락처를 알려주지 않고 이렇게까지 말씀하셨다.

"나 이제 그냥 죽어도 돼. 그러니까 이 좀 제발 뽑아줘."

할아버지의 애원에도 불구하고 바로 발치할 수는 없었다. 나는 처방전을 건넨 뒤, 보호자와 함께 오시라며 예약을 잡아드렸다. 마음이 편할 리 없었다.

혹시 끝끝내 보호자와 함께 오실 수 없다면 어떡하나 싶어, 관련 정보를 찾아보았다. 마침 우리 지자체에서 '병원 동행 서비스'라는 제도를 운영하고 있었다. 혼자 병원에 가기 어려운 1인 가구를 위해 방문 픽업부터 진료 동행, 수납, 약국 방문, 안전 귀가까지 도와주는 제도였다. 일정 요건을 충족하면 무료로 이용할 수도 있었다. 이 정도면 J 할아버지에게 큰 도움이 될 것 같았다.

다음에도 혼자 오시면 이 서비스를 알려드리려고 했는데, 그날 이후 할아버지는 우리 치과를 찾지 않으셨다. 처방해 드린 약으로 통증이 가라앉았을 수도 있고, 다른 치과로 가셨을 수도 있다. 그동안 지켜본 바로는, 아마 전자의 이유가 아닐까 싶다. 전화를 받지 않으셔서 정확한 사정은 알 길이 없지만.

사실 고령 환자들이야말로 제때 치과 치료를 받는 것이 매우 중요하다. 그런데 대개는 약을 먹고 통증이 가라앉으면 치과에 가는 일을 미루게 된다. 가장 건강한 상태에서, 가장 적은 비용으로 치료를 받을 수 있는 날이 바로 '오늘'임에도 불구하고.

고령 환자들 중에는 가끔 치아에서 시작된 염증이 급속도로 진행되어, 턱이나 눈까지 부은 채 오는 분들도 있다. 그중 한 분은 상태가 위중해서 상급병원으로 보내야 했다. 이렇게 오는 고령 환자들은 모두 과거에 치과 치료를 미루고 또 미룬 분들이었다.

"내가 앞으로 살면 얼마나 산다고. 약만 지어줘."

"앞으로 10년만 살면 되는데 치료는 무슨…."

요즘에도 이렇게 말씀하시는 어르신들이 적지 않다. 그분들이 치과 치료를 주저하시는 이유로는 물론 치료에 대한 두려움도 있다. 하지만 더 큰 이유는 경제적 부담인 듯하다. 특히 자녀들에게 짐이 되고 싶지 않으신 눈치이다.

그래서 우리 치과에서는 고령 환자와 보호자 사이에 때 아닌 실랑이(?)가 벌어지기도 한다. L 할머니와, 그분의 보호자 자격으로 내원한 딸은 처음 왔을 때부터 옥신각신했다.

"나 치료 안 받아도 된다니까?"

"아니 엄마, 원장님이 꼭 치료해야 한다고 방금 말씀하셨잖아요. 엄마가 무슨 의사예요?"

중년의 딸은 투덜대는 어머니를 억지로 진료 의자에 앉히며 잔소리했다. 그 후로도 L 할머니는 진료비가 얼마나 나오냐며 내게 여러 차례 물어보셨다.

L 할머니의 경우처럼, 비록 잔소리는 할지언정 함께 내원해서 진료비까지 내주는 가족이 있다면 꽤 운이 좋은 편이다. 요즘은 앞서 이야기한 J 할아버지처럼, 치료해야 할 병도 방치한 채 고립되어 살아가는 고령 환자도 상당히 많기 때문이다.

비혼·비출산 가구가 늘어나면서 앞으로는 가족의 도움을 받기 어려운 노령 인구가 더욱 증가할 것으로 보인다.

이러한 변화에 맞춰 가족의 빈자리를 이웃이, 사회가 조금씩 채워가야 하지 않을까. 문득 영화 제목으로도 쓰인 "노인을 위한 나라는 없다"라는 말이 떠오른다. 만약 우리 사회가 이런저런 핑계로 노인들을 외면한다면, 이는 곧 우리 모두의 미래를 외면하는 셈이 될지도 모른다.

A. 치매도 경증에서 중증까지 그 정도와 범위가 다양한데요, 경증 치매 단계에서 치과 치료를 받아두는 것이 아주 중요합니다. 경증 치매 환자는 치료 과정을 어느 정도 이해하고 협조할 수 있어, 보철이나 임플란트 등 일반적인 치료도 가능합니다.

하지만 치매가 진행되면 상황은 달라집니다. 중증 치매 환자는 치료에 대한 거부감이 심할 수 있고 전신 질환 관리도 쉽지 않죠. 그래서 응급 상황 시 제한적인 치과 치료만 받게 되는 경우가 많아요.

최근에는 구강 건강과 치매의 관련성을 보여주는 연구 결과가 꾸준히 나오고 있습니다. 남은 치아 개수가 적은 노인에게서 인지 저하가 더 잘 나타나거나, 치주염을 일으키는 세균이 치매 환자의 뇌에서 발견되었다는 보고 등도 있지요.

따라서 치매가 아직 경증일 때는 지켜보거나 미루지 말고, 치과 치료를 받는 것이 좋습니다.

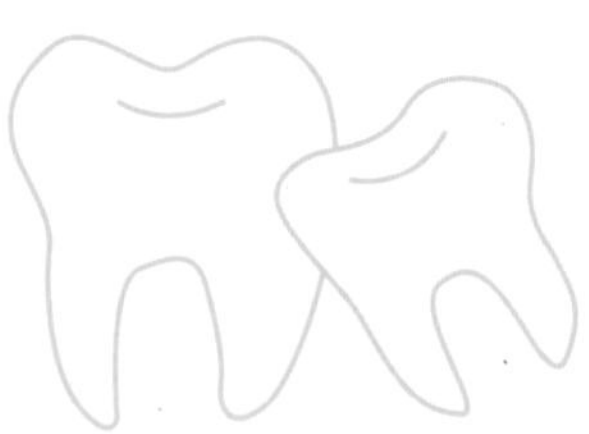

해상 판자촌 사람들

2011년, 나는 필리핀의 해상 판자촌으로 의료봉사를 간 적이 있다. 치과의사뿐만 아니라 의사, 한의사, 치기공사, 치과위생사 등으로 구성된 봉사단에 거의 막내로 참여했다. 불과 3년 차 치과의사였던 나는, 베테랑 선배들이 땀을 뻘뻘 흘리며 진료하는 동안 진료 보조나 잡일을 도맡았다.

나도 간단한 치료 정도는 자신 있었지만, 주민들의 구강 상태가 워낙 나쁘다 보니 '간단한 치료'라는 게 아예 존재하지 않았다. 게다가 기본적인 장비조차 없는 열악한 환경에서의 진료도 익숙하지 않았다. 그래서 나는 접수 업무나 간단한 통역, 심부름을 하며 선배들의 활약을 지켜보았다.

그때의 경험은 내 삶에 지대한 영향을 미쳤다. 특히 해상 판자촌에서 만난 순박한 주민들, 그중에서도 유난히 눈이 크고 맑았던 아이들을 잊을 수 없다. 요즘도 가끔 그 아이들의 사진을 꺼내보면 가슴 한편이 따뜻해진다.

우리가 방문한 판자촌은 마닐라 북쪽의 '나보타스'라는 도시에 있었다. 육지에서 살 곳을 구하지 못한 도시 빈민들이 바다 위에 얼기설기 기둥을 세우고 나무판자를 엮어 만든 주거 공간이었다. 우리 봉사단이 처음 그곳을 찾았을 때 구경 나온 주민들의 얼굴에는 호기심이 가득했다. 깡마른 얼굴이었지만 표정은 밝았고, 까맣게 그을린 아이들의 큰 눈망울에는 반가움이 어려 있었다.

그들의 때 묻지 않은 표정과 달리, 주거 환경은 처참했다. 판자촌 아래의 바다에는 온갖 쓰레기가 둥둥 떠다녔고, 판자 위에 대충 걸쳐놓은 빨랫감에는 파리 떼가 들끓었다. 악취는 이루 말할 수 없을 정도였으며, 식수로 쓸 빗물을 모아둔 페트병 안에는 이끼가 자라고 있었다. 나는 얼굴을 찌푸리지 않으려 애썼다.

동네 한편에 마련된 임시 진료소에는 이미 많은 사람들이 줄을 서 있었다. 나는 통역사와 함께 검진을 맡아, 누가 어떤 치료를 받아야 할지 살펴보았다. 의자에 앉은 사람들에게 치과용 미러와 소형 랜턴으로 입안을 비추며 검진하던 중 머릿속이 하얘졌다. 치아 상태가 너무나 좋지 않았기 때문이다. 주민들이 "이가 아프다" 하며 보여준 치아는 대부분 이미 손쓸 수 없는 상태였다. 아이들에게라도 충치 치료를 해주고 싶었지만, 8~10세밖에 안 된 아이들의 입안엔 이미 영구치 어금니인 제1대구치가 심하게 썩어 갈색 뿌리만 남아 있을 정도였다.

'식수가 부족해 양치를 전혀 못 한다고 해도, 이게 말이 되나?'

아이들의 구강 상태는 그야말로 충격적이었다.

그에 비하면 어른들의 치아는 나아 보였다. 제1대구치가 비교적 온전하게 남은 이들도 있었으니 말이다. 나는 도무지 이해가 되지 않았다. 지금의 아이들이 자라서 어른이 되면, 오히려 현재 어른들보다 치아 상태가 훨씬 나쁠 것 같았다. 왜 이렇게 아이들의 충치가 심해진 걸까.

봉사단의 치과의사 선배들 몇몇이 그 해답을 명쾌하게 알려주었다. 바로 이렇게.

"정 선생, 아까 들어올 때 못 봤어? 판자촌 안에 작은 구멍가게가 있더라고. 사탕이며 초콜릿이며, 온갖 단것을 파는 거 같더라."

"여기에 외지 사람들이 자주 오잖아. 우리도 그렇고. 그런 외지인들이, 아이들이 안타깝다며 과자도 사주고 그러지 않겠어?"

"양치질을 조금만 해줘도 사탕이나 과자 몇 개 먹는다고 이렇게까지 썩지는 않지. 하지만 여기처럼 양치질을 전혀 할 수 없는 환경에서는 사탕 한 개가 충치를 유발할 가능성이 어마어마하게 높아지는 거야."

해상 판자촌의 아이들이 어른들보다 충치가 심해진 이유는, 일찍부터 단 음식에 노출된 탓이었다.

다음 날에는 전날보다 더 어린 6~8세 아이들이 조잘거리며 치료를 받으러 왔다. 나는 대기실을 가득 채운 귀여운 아이들을 보며 생각했다.

‘이 아이들은 더 어리네. 영구치가 막 올라왔을 테니 많이 썩진 않았겠지?’

그러나 그 기대는 산산조각 났다. 아직 완전히 올라오지도 못한 제1대구치가 썩어 커다란 구멍이 나 있었다. 이대로 1년만 지나도 치아 머리는 다 부식되고 뿌리만 남을 터였다. 그런 아이들로 대기실이 가득했다.

식수조차 부족해 양치질은 엄두도 내기 어려운 환경, 그럼에도 단 음식에는 무방비로 노출된 아이들. 그토록 심각한 상황에서 우리가 해줄 수 있는 일은 거의 없었다. 마치 거대한 화재 앞에, 나 혼자 방화복만 입은 채 작은 호스를 들고 서 있는 기분이었다.

그때 치아 상태가 비교적 양호해 보이는 여자아이가 눈에 들어왔다. 그 소녀의 제1대구치는 충치가 있긴 해도, 때우는 치료가 가능할 정도였다. 반가운 소식을 들은 선배가 소녀를 정성껏 치료해 주었다. 나는 진료를 보조하다가 문득 궁금해졌다.

“왜 이 아이는 충치가 덜한 걸까요?”

선배가 잠시 생각하더니 말했다.

"동생이 많아 보이네. 간식을 양보한 게 아닐까?"

그러고 보니 치료받는 소녀 곁에서 어린 남자아이 두 명과 어머니가 기다리고 있었다. 두 아이를 양팔에 안은 어머니가 나를 바라보며 환하게 웃었다.

치료가 끝난 뒤, 아이들의 어머니는 고개를 숙여 감사 인사를 건넸다. 치료에 대해 궁금한 점도 있을 텐데 묻지 않고 조용히 아이들을 챙겨 돌아갔다. 기다리다가 끝내 치료를 받지 못한 다른 아이들 역시 웃으며 돌아섰다.

한국인의 시선으로 보면, 해상 판자촌의 현실은 거의 재난에 가까웠다. 그러나 그곳 사람들은 놀라울 만큼 평화로워 보였다. 걱정하거나 소란을 피우지 않았고, 타인을 의심하지도 않았다. 그저 주어진 하루하루에 감사하며 살아갔다. 그들이 삶을 대하는 태도는 우리와 사뭇 달랐다. 우리 국민들은 대체로 미래를 준비하는 것을 미덕으로 여기고, 목표 지향적인 삶을 추구한다. 나 또한 그렇다. 하지만 해상 판자촌 사람들에게 깃들어 있는 평화는 나로 하여금 삶에서 진정 중요한 것이 무엇인지 되돌아보게 했다.

어렵게 생계를 이어가는 그들에게 "매일 양치해라", "아이들에게 단것을 주지 마라"라고 당부하기는 차마 어려웠다. 그 대신 봉사 마지막 날, 나는 그곳 교회에서 두 손을 모아 기도했다. 기독교인은 아니지만 그렇게라도 빌어주고 싶었다. 그들의 삶의 터전인 바다가 늘 잔잔하기를, 모두가 고통 없이 살아가기를.

A. 네, 특히 영구치 어금니가 그렇습니다.

영구치 어금니는 잇몸을 뚫고 나오는 과정에서 치아의 씹는 면이 먼저 노출되는데, 이 부분은 깊은 홈과 골짜기가 많아 음식물이 잘 끼고 양치질이 어렵거든요. 특히 어금니가 잇몸에 반쯤 덮여 있는 동안에는 칫솔이 닿는 것조차 힘들어요.

그래서 이 시기에는 간식을 최대한 줄이는 것이 좋습니다. 필요에 따라 저는 어금니를 부분적으로 덮고 있는 잇몸을 다듬어주기도 합니다.

장애 아동도 진료해 주시나요?

"저기, 원장님."

모든 치료를 마치고 진료실을 나서던 60대 여성 환자가 문 앞에서 나를 불렀다.

"원장님, 혹시… 장애 아동도 진료해 주시나요?"

나는 차트에 기록하던 손을 잠시 멈췄다.

"어떤 장애냐에 따라 다르긴 합니다만…"

"자폐인데, 심하지는 않아요. 오히려 또래보다 얌전한 편이고요."

"몇 살인가요?

"아홉 살이에요. 이가 많이 썩었다는데, 장애인 전문 치과 예약이 몇 주 뒤로 잡혀서 며늘아기가 걱정이 많아요. 혹시 기다리는 동안 더 나빠질까 봐요."

손녀가 얼마 전 학교 구강검진에서 충치가 많다는 소견을 들었다는 것이다. 며느리는 이미 장애인 전문 치과에 예약을 해둔 상태였다. 나는 자폐 스펙트럼 아동을 치료한 경험이 적지 않았지만, 바로 "데려오세요"라고 말하기는 조심스러웠다. 두 가지가 확실치 않았기 때문이다.

일단 자폐 스펙트럼은 그 '스펙트럼'이라는 이름처럼 경증부터 중증까지의 정도를 두루 포괄한다. 환자의 손녀처럼 겉으로 보기엔 얌전한 아이들도, 구강 감각이 유난히 예민하거나 불안도가 높으면 치료에 어려움을 겪을 수 있다.

'충치'라는 말도 마찬가지이다. 금세 치료할 수 있는 간단한 충치부터 신경 치료가 필요한 깊은 충치까지, 정도에 따라 치료 방법이 너무나 다르다. 직접 보기 전에는 아무것도 단정할 수 없다.

어렵게 운을 뗀 환자의 부탁을 거절하는 건 쉽지 않았다.

그래도 나는 "이미 예약해 두신 장애인 전문 치과에서 치료받는 게 가장 나을 것 같습니다"라고 솔직히 말씀드렸다. 만약 우리 치과에 왔다가 치료가 어려워 다시 돌아가야 한다면? 아이의 불안은 더 커질 테고, 가족의 노고와 마음고생은 배가될 것이다. 여러모로 봐도 그게 최선이었다. 무엇보다 나는 믿는 구석이 있었다.

'아이의 어머니는 이미 계획이 다 있으실 거야.'

그동안 만나본 장애 아동의 어머니들은 만능 해결사였다. 이 어머니도 자신의 딸을 일반 치과에 데려올 생각이었다면 진작 그렇게 했을 것이다.

60대 환자는 다소 아쉬운 표정을 지었다. 하지만 내가 "손녀의 치료가 잘되면 좋겠어요"라고 인사를 건네자, 잔잔한 미소를 띠며 돌아섰다.

가끔 발달장애 아동들이 우리 치과를 찾는다. 또 공식적으로 장애 진단은 받지 않았지만 자폐 성향이 있어 보이는 아이들도 온다. 다행히 간단한 진료라, 큰 문제는 없었다.

나는 장애 아동이라면 더 자주 치과를 찾는 것이 중요하다고 생각한다. 아프지 않은 검진이나 치료를 받으며 미리 치과라는 공간에 익숙해지면, 혹시 모를 복잡한 치료도 잘 받을 수 있게 된다. 장애인들에게 치과 치료는 '반복된 경험을 통해 배워가는 학습'이기 때문이다.

선배 치과의사 한 분은 장애인 시설에서 촉탁의로 근무하고 있다. 여성 중증 장애인 30여 명이 거주하는 곳으로, 시설 규모는 크지 않지만 의무실에 치과 진료 장비까지 갖추었다. 선배는 매주 그곳에서 입소자들을 검진하고, 덕분에 그들은 더 이상 치과 치료를 두려워하지 않는다. 매주 구강 상태를 세심히 살피다 보니 적응이 된 것이다. 그야말로 중증 장애인들에게 '이상향' 같은 곳이다. 선배는 모든 장애인 거주 시설에 그와 같은 장비가 갖춰지길 바랐고, '봉사'가 아니라 정책과 예산에 의해 진료가 이루어지길 희망했다.

하지만 여전히 장애인 치과 치료의 사각지대는 많다. 지금도 치과의사의 봉사로 겨우 유지되는 곳도 있다. 페이닥터로 일하던 2015년경, 나는 서울의 한 보건소 내 치과에서 장애인 진료봉사를 한 적이 있다. 지역사회 치과의사회의 회원들이 번갈아 가며 무상 진료를 맡았는데, 치과의사 한 명이 환자 한 명에게 집중하기 어려워 치료는 길어지고 효율은 떨어졌다. 그러나 개원의가 봉사 가능한 날은 한 달에 한두 번뿐이라, 여러 사람이 역할을 나눌 수밖에 없었다.

장애인 치과 진료가 있는 날이면 보건소는 그야말로 북새통이었다. 복도의 대기 의자까지 사람들로 가득 찼다. 진료실 안의 진료 의자 두 개에는 각각 네댓 명씩 붙어야 했고, 환자의 갑작스러운 움직임을 막기 위해 옆에서 몸을 잡아야 했다. 보조하는 치과위생사와 학생들 역시 봉사자였다. 반나절 진료가 끝나면 모두 녹초가 되었다.

그때 만난 장애인 가족이 기억난다. 10대 후반인 중증 자폐 남학생의 가족이었다. 학생은 체구가 워낙 커서 진료 의자에 눕힌 뒤, 아버지가 그 위에 엎드려 속박을 해야 했다. 그런데 입에 개구기를 넣는 과정에서 학생이 스트레스를 받았는지, 갑자기 아버지를 밀쳐내고 벌떡 일어나 소리를 질렀다. 아버지는 당황해서 진료실 바깥으로 아들을 데리고 나갔다. 다행히 진료가 거의 끝날 무렵이라 복도에는 사람이 없었다. 곧이어 복도에서 의자를 발로 차는 소리와 화분 깨지는 소리가 들려왔다. 나는 다른 환자를 치료 중이었는데, 얼핏 보니 진료실에 있던 사람들의 얼굴에 안타까움이 가득했다.

'저 학생은 전신마취가 필요할 것 같은데…'

하지만 전신마취가 가능한 장애인 전문 치과 등은 예약이 몇 개월씩 밀려 있고, 비용 부담도 컸다. 당시 보건소의 치과 진료실을 찾아온 장애인 가족들은 대부분 경제적으로 어려움을 겪고 있었다. 그런 이들에게 큰 병원 가서 전신마취하고 진료를 받으라고 안내하기도 쉽지 않았다.

우리나라의 장애인 정책은 점진적으로 발전해 왔다. 2010년대부터는 권역별로 전신마취가 가능한 장애인 구강진료센터가 개설되었고, 일부 지자체에서는 전신마취와 치과 치료비를 지원하고 있다. 하지만 매년 예산 규모에 따라 변경되거나 취소되기도 한다. 때로는 장애인들끼리 경쟁하는 상황까지 벌어진다.

언제쯤이면 장애인의 치과 진료 문턱이 낮아질까. 또 언제쯤 장애인 거주 시설에 치과 진료 장비가 갖춰지고, 봉사직이 아닌 상근 치과의사가 일관되게 진료하며, 전신마취도 부담 없이 받을 수 있을까. 지금은 너무 먼 미래의 이야기처럼 들린다. 장애인들은 여전히 약자이자 소수이기 때문이다.

결국 이 '소수'의 목소리를 대변할 사람들이 필요하다. 치과 현장에서 그들의 고충을 느껴본 사람들이 전하는 생생한 증언이, 세상을 바꾸는 작은 불씨가 될 수 있다. 지금 이 글도 미약하지만 그 불씨가 되길 바란다.

A. 네, 가능합니다. 현재 우리나라에는 장애인 치과주치의 제도가 시행 중입니다. 국민건강보험공단 홈페이지에서 가까운 지역의 장애인 치과주치의 의료기관을 검색한 뒤, 해당 치과의원에 등록하면 진료를 받을 수 있어요.

치과주치의로 등록하면 연간 두 차례, 스케일링과 불소 도포를 포함한 구강건강관리 서비스를 받을 수 있으며, 검진을 통해 간단한 충치 치료도 가능합니다. 다만 아이의 상태에 따라 상급병원으로 의뢰되는 경우도 있으니, 먼저 주치의 선생님의 진단을 받아보는 것이 좋겠습니다.

장애 아동들은 충치와 잇몸병이 더 잘 생길 수 있습니다. 스스로 양치질과 구강 위생을 관리하기 어렵기 때문입니다. 이런 점에서 장애인 치과주치의 제도는 장애 아동들의 구강 건강을 지키는 데 큰 도움이 됩니다.

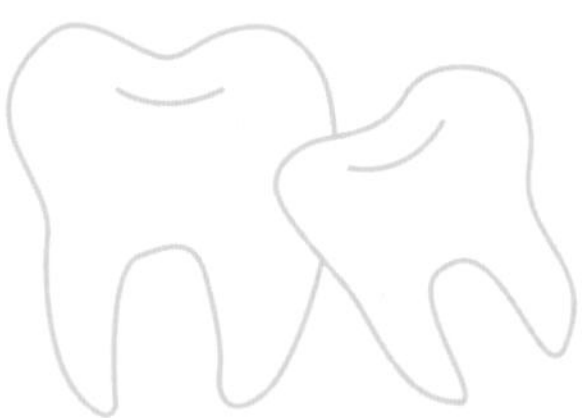

가철성 교정 장치가
알려준 것

"어때? 앞니가 좀 예뻐진 것 같아?"

"네. 여기 치아도 빨리 앞으로 나왔으면 좋겠어요."

"네가 장치를 계속 잘 끼면 곧 나올 거야."

초등학교 2학년인 여자아이 A와의 대화는 늘 즐겁다. A는 스스로 끼웠다 뺄 수 있는 교정 장치로 치료를 받고 있는데, 치과에 올 때마다 다채로운 후기를 들려준다.

A는 위 앞니 옆의 작은 앞니 두 개가 입천장 깊숙한 곳에서 나오는 바람에 조기 교정을 시작했다. 입천장 쪽에서

난 치아를 앞으로 당겨 배열하는 장치를 착용한 지도 벌써 4개월 차. 치아가 저절로 움직여 가지런히 자리 잡아가는 변화가 신기했던 모양이다.

"요즘 A가 교정 장치를 정말 잘 끼고 있어요."

뒤에 서 있던 A의 어머니가 미소를 지으며 덧붙였다.

어머니는 처음엔 걱정이 많았다고 했다. 어릴 때부터 감각이 예민했던 딸이 장치에 적응하지 못해 계속 빼버리면 어쩌나, 그래서 교정이 제대로 되지 않으면 어쩌나 하는 마음이었다. 그런데 의외로 A는 치아가 변해가는 모습이 눈에 보여 재밌었는지, 하루 종일 장치를 잘 끼고 있으며 양치도 꼼꼼히 한단다.

이처럼 환자 스스로 끼웠다 뺄 수 있는 교정 장치를 '가철성 교정 장치'라고 부른다. 어린이에게 가철성 교정 장치는 단순히 치아를 가지런히 만들어주는 도구가 아니라, 몇 가지 교육적인 효과도 함께 전해준다.

먼저, 아이들은 장치를 직접 관리하면서 '자조능력(Self-help Skills)'을 기를 수 있다. 자조능력이란 옷을 입거나 화장실에 가는 등 기본적인 일상생활을 스스로 해내는 힘을 말

한다. 교정 장치를 사용할 때는 식사 시간에 장치를 빼서 케이스에 넣어두기, 밥 먹고 양치한 뒤 다시 끼우기, 장치를 깨끗하게 닦아두기 등의 과정을 스스로 해야 한다. 그 과정에서 '스스로를 돌보는 법'을 배울 수 있다.

평소 우산이나 학용품을 자주 잃어버리던 개구쟁이 아이들도 의외의 모습을 보이곤 한다. 부모님과 치과 선생님으로부터 "비싸고 중요한 물건"이라는 설명을 누누이 들어서일까, 교정 장치를 잃어버리지 않고 잘 챙기는 편이다.

다음으로, 아이들은 가철성 교정 장치를 통해 눈에 보이는 성취감을 느낄 수 있다. 초등학교 저학년 시절엔 성취감을 경험할 기회가 그리 많지 않다. 그래서 아이들에게 식물 키우기 같은 체험을 권하기도 한다. 스스로 물을 주고 식물이 무럭무럭 자라는 모습을 보며 성취감과 책임감을 동시에 느낄 수 있기 때문이다. 밖에서 놀다가도 화분에 물 줄 시간이 되면 집에 들어오는 아이들도 있다고 한다.

가철성 교정 장치를 착용하는 일도 그와 비슷하다.

'매일 장치를 잘 끼고 있었더니, 부모님과 치과 선생님 말씀처럼 치아가 예뻐졌어!'

그 순간 아이들은 자신이 해냈다는 뿌듯함과 함께, '매일 매일 꾸준한 노력'이 얼마나 큰 변화를 만들어내는지를 깨닫게 된다.

마지막으로, 가철성 교정 치료는 아이들에게 치과와의 평화로운 접점을 만들어준다. 치과를 자주 찾는 아이들은 많지만, 대부분은 충치 검사나 치료, 유치 발치처럼 긴장이 따르는 치료 목적으로 오게 된다. 반면에 가철성 장치를 사용하는 아이들은 장치를 조정하거나 세척, 사진 촬영, 본을 뜨는 정도로 진료가 끝난다. 그래서 자연스레 긴장을 풀고 치과와 조금씩 친해질 수 있다.

치과대학 동기들 중에도 어린 시절 가철성 장치로 교정 치료를 받았던 친구들이 몇 명 있었다. 어렸을 때의 긍정적인 기억이 치과의사가 되기로 마음먹는 데 적지 않은 영향을 주었을 것이다.

하지만 가철성 교정 장치가 항상 좋은 것만은 아니다. 아이가 스스로 장치를 끼웠다 뺄 수 있다는 특징은 양날의 검과 같다. 아이들이 장치를 끼지 않으면 교정 효과를 전혀 기대할 수 없기 때문이다.

　나도 예전에는 그 잠재적 리스크 때문에 가철성 교정 장치를 선뜻 권하지 않았다. 대체가 가능한 경우에는 철사를 끼우는 일반적인 교정 장치를 더 선호했다. 철사를 끼우는 교정 장치는 아이가 스스로 뺄 수 없다. 물론 이 장치에도 장단점은 있지만, 적어도 그 당시에는 치료 결과가 예측 가능하다는 점이 크게 다가왔다.

　게다가 일부 부모님들 역시 가철성 교정 장치에 대해 물음표를 던졌다. 샘플로 제작된 장치를 보고 고개를 설레설레 젓기도 했다.

　"이걸 우리 아이가 하루 종일 끼고 있을 수 있을까요? 너무 불편해 보이는데…"

　어떤 어머니는 '가철성 장치를 이용한 교정 치료의 주의 사항'을 읽어본 뒤 자신이 없다며 물었다.

　"선생님, 우리 아이는 워낙 물건을 잘 잃어버리거든요. 다른 방법은 없을까요?"

　그렇게 가철성 교정 장치는 서서히 내 선택지에서 밀려났다. 내 생각이 바뀐 것은 비교적 최근의 일이다.

　'생각보다 아이들이 가철성 교정 장치를 잘 끼고 있네?'

다른 장치로 대체하기 어려운 케이스가 생겨 어쩔 수 없이 가철성 교정 장치를 사용했는데, 예상과 달리 아이들이 놀라울 만큼 협조를 잘해 준 것이다. 의외의 발견이었다.

그 아이들이 특별한 경우였을까? 유난히 내적 동기가 높은 아이들이었을까? 물론 교정 치료를 꼭 받고 싶어 하는 아이들도 있었지만, 대부분은 부모님의 손에 이끌려 치과에 온 아이들이었다. 그저 부모님과 치과 선생님이 "잘 끼고 있자"라고 하니 그대로 따랐을 뿐이다. 그런데 막상 장치를 사용하면서 치아가 가지런히 자리 잡는 모습을 보자, 뒤늦게 내적 동기가 싹트기 시작한 것이다. 그때 깨달았다. 아이들의 적응력은 어른들의 예상을 훌쩍 뛰어넘는다는 사실을.

이 경험을 통해 나는 아이들을 '내 기준'으로 판단하던 과거의 나를 돌아보게 되었다. '이 아이는 이런 기질이니까 안 될 거야', '그건 우리 아이가 싫어할 거야' 같은 선입견이 얼마나 많은 가능성을 막아왔는지 새삼 느꼈다.

가철성 교정 장치 추천을 망설였던 내 모습도 다르지 않았다. 아이를 위한 일이라 믿었지만, 어쩌면 기회의 문을 미리 닫아버린 셈이었다.

늘 최선의 방법을 고민하고, 가능성을 열어두는 것. 그것
이야말로 진정한 어른의, 그리고 전문가의 역할이 아닐까.

A. 가철성 교정 장치는 최소 14시간 이상 착용해야 효과가 있습니다. 밤에 잘 때는 꼭 착용해야 하며, 낮에도 식사와 양치 시간 외에는 거의 다 끼고 있어야 한다고 생각하세요. 사실 우리가 음식물을 섭취하는 시간이 꽤 길어서 그렇게 해야 14시간 이상을 채울 수 있답니다.

가철성 교정 장치는 오래 착용하고 있을수록 적응이 빨라집니다. 반면에 계속 장치를 뺐다가 끼우기를 반복하면 적응이 힘들어지고요. 그래서 가철성 교정 장치 치료는 초반에 얼마나 잘 끼고 있느냐가 중요합니다.

착용 후 1~2주의 불편함을 이겨낸 친구들은 금세 적응하여 꾸준히 장치를 끼게 됩니다. 그러면 치료 기간이 단축되고 치료 경과도 더 좋아집니다. 반대로 장치를 제대로 끼지 않으면 치료는 지연되고 기간도 길어질 수 있어요.

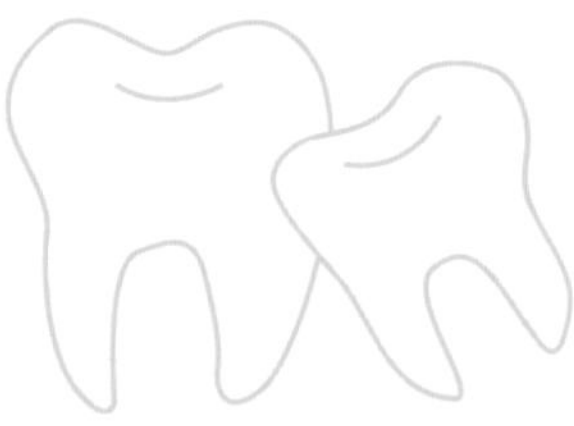

환영받지 못한다는 느낌이었어요

휠체어를 타고 우리 치과에 다니던 중년 여성 환자가 있었다. 그 환자가 오는 날이면 휠체어 출입이 편하도록 통로 부근의 진료 의자를 비워두곤 했다. 어느 날 그녀가 이렇게 말했다.

"휠체어를 타고 치과에 오는 날이면, 늘 긴장돼요."

그러고 나서 예전에 다른 치과에서 겪은 일을 들려주었다. 그곳은 환자가 직접 키오스크로 접수하고, 대기실에서 모니터에 이름이 뜨면 스스로 진료실로 들어가는 시스템이었다고 했다. 그런데 막상 자신의 이름이 모니터에 떴을 때, 지정된 진료실은 휠체어로는 도저히 들어갈 수 없는 구조였다. 그제야 직원이 다가와 "잠시만 기다리면 휠체어가 들어갈 수 있는 진료실로 안내해 드릴게요"라고 말했다. 그녀는 결국 오랜 기다림 끝에 진료를 받았지만, 마음 한구석이 편치 않았다고 했다.

"휠체어 탄 사람은 환영받지 못한다는 느낌이 들었어요."

요즘은 치과에도 비대면 고객 서비스가 빠르게 도입되고 있다. 인력난과 인건비 상승으로, 접수 및 안내 업무를 자동화 시스템이 대신하는 것이다. 포털 사이트 예약, 키오스크 접수, 직원의 도움 없이 환자 스스로 진료실을 찾아가는 시스템까지. 이제는 어르신들도 제법 익숙해지신 듯하다.

하지만 휠체어를 탄 환자처럼, 획일적인 자동화 시스템 안에서 소외되는 사람들도 있다. 그들은 대개 신체적 혹은 사회적 약자이다. 효율적인 운영도 중요하지만, 최소한 병원만큼은 약자를 배려하는 공간이어야 하지 않을까.

비대면 서비스의 한계는 의료 현장만의 얘기가 아니다.

또 고객뿐만 아니라 서비스 제공자 역시 그 한계와 맞닥뜨릴 수 있다. 한때 SNS에서 논란이 되었던 김밥집 사장님의 사연이 대표적인 예이다.

김밥집 사장님은 배달 플랫폼에 "특정 속재료를 빼려면 2천 원의 추가 비용을 받는다"라고 공지했다. 그러자 한 고객이 "재료를 빼는데 왜 추가 요금을 받느냐"라며 항의했고, 주고받은 대화를 온라인 게시판에 올리면서 논란이 일었다. 이에 사장님은 고객의 입맛과 취향에 맞춰주려는 것이라며 "특정 재료가 빠지는 만큼 다른 재료가 더 들어가기 때문"이라고 해명했지만, 논란은 쉽게 가라앉지 않았다.

같은 개인사업자로서 사장님의 입장도 어느 정도는 이해가 간다. 어쩌면 일부 고객으로부터 자신의 입맛대로 김밥을 만들어달라는 식의 무리한 요구를 받았을지 모른다. 고객들의 끝없는 요구에 지쳐, 나름의 방어선을 치려 했을 것이다. 하지만 고객의 입장에서 보면 다소 일방적인 조치로 느껴질 수 있다.

사장님은 왜 이런 선택을 했을까. 이것이 바로 비대면 서비스의 한계라고 생각한다. 만약 한가한 시간대에 손님이 김밥집을 직접 찾았다고 가정해 보자. 김밥을 말고 있는 사장님에게 정중히 "죄송합니다만, 단무지를 못 먹는데 빼주실 수 있을까요?"라고 부탁하면, 아마도 대부분의 사장님은 흔쾌히 단무지를 빼줬을 것이다. 또 반대로, 사장님이 너무 바빠 보인다면 손님은 굳이 요구하지 않고 '단무지는 그냥 내가 빼고 먹어야지' 했을지도 모른다. 물론 다른 김밥집을 찾아가는 방법도 있다. 이처럼 얼굴을 마주한 관계 속에서는 서로의 사정을 이해하고 존중할 여지가 생긴다.

하지만 비대면 주문서에는 그런 온도가 없다. 사장님은 음식을 준비하기에 앞서, 얼굴도 모르는 고객이 주문서 하단에 빽빽하게 적어놓은 요청 사항을 읽어야 한다. 단무지를 빼달라, 밑반찬을 많이 달라, 계란을 푹 익혀달라 등등. 꼼꼼히 확인하다 보면 피로감을 느낄 수밖에 없다. 식당이라면 직접 말하기 어려웠을 부탁도 주문서에는 손쉽게 적을 수 있다. 비대면의 편리함이 때로는 상대에 대한 배려를 무디게 만드는 것이다.

고객들의 세세한 요구에 맞춰주다 보면, 사장님들은 결국 한계에 부딪힌다. 그러다 효율적인 경영을 위해 일부 고객을 배제하거나, 논란의 여지가 있는 방침을 세우게 된다.

하루 종일 고객과 얼굴 한 번 마주치지 않은 채 배달 음식을 만들고 포장하는 사장님들, 그리고 환자를 이름이 아닌 '예약 번호'로만 만나는 병원의 비대면 서비스를 떠올릴 때마다 씁쓸한 기분이 든다. 이런 변화는 마치 우리 사회가 다시 20세기 초 컨베이어 벨트식 대량 생산 체제로 회귀하는 듯한 인상을 준다. 기술이 발전할수록 단순 업무는 AI에게 맡기고, 사람들은 더 중요하고 의미 있는 일에 집중하게 될 거라는 주장이 있었다. 하지만 현실은 정반대이다. 기술은 효율성과 생산성을 높이기 위해 사람들을 점점 더 밀어내고 있다.

그렇다면 '중요하고 의미 있는 일'이란 무엇일까. 식당 주인에게는 맛있는 음식으로 손님들을 기쁘게 하는 일이고, 병원 의사에게는 아픈 환자들을 치료하고 건강을 회복시켜 주는 일일 것이다. 그들은 고객과 환자의 미소를 보며, 스스로 의미 있는 일을 하고 있다는 자부심과 보람을 느낀다.

그러나 비대면 서비스가 늘어날수록 그 작은 보람을 느낄 수 있는 기회는 점차 줄어들고 있다. 나는 여전히 SNS상

의 "감사합니다"라는 댓글보다, 직접 눈을 맞추며 인사해
주는 환자들이 더 오래 마음에 남는다.

기술의 시대를 살아가더라도, 서비스의 중심은 결국 사
람이어야 한다. 그 믿음은 지금도 변하지 않았다.

A. 요즘 내과나 소아과 등에서는 비대면 진료가 점점 늘어나고 있습니다. 주로 병원에 직접 오기 힘든 사람들이 통증이나 불편함을 해소하기 위해 이용하지요.

그런데 치과는 조금 다릅니다. 치아나 잇몸 통증은 대부분 직접적인 치료가 필요하기 때문입니다. 약물을 복용해 통증을 줄일 수는 있어도 어디까지나 임시방편일 뿐이에요.

그렇다고 치과에서 비대면 진료가 전혀 불가능한 건 아닙니다. 치료 전 상담, 치료 계획 설명, 구강 위생 교육 같은 부분은 제한적이긴 해도 온라인으로 진행할 수 있거든요. 실제 치료를 대신할 수는 없지만, 상담이나 관리 중심의 보조적인 역할로 자리 잡을 가능성이 큽니다.

내 안의 보석

"안녕하세요?"

진료 의자에 앉은 환자 H가 먼저 인사를 건넸다. 우리 치과에 처음 온 20대 여성 환자로, 단발머리에 서글서글한 눈매가 인상적이었다. 깍듯하면서도 몸에 밴 듯 자연스러운 인사를 보며 이런 생각이 스쳤다.

'서비스 관련 일을 하는 분일 것 같은데.'

그 순간 겉모습만 보고 단정하는 스스로가 왠지 꼰대처럼 느껴졌다. 나는 곧 머릿속을 비워내고 그녀에게 말을 건넸다.

"안녕하세요? 어디가 불편해서 오셨어요?

"앗, 불편한 곳은 없고요. 치아 마모증이 있는 부위를 때우고 전체적으로 미백도 하고 싶어요."

'구체적인 언어'였다. 이처럼 명확하게 표현하는 환자들은 대체로 검색을 많이 해봤거나, 이미 다른 치과를 다녀왔을 가능성이 높다.

검진 결과, 실제로 H는 마모된 치아가 여럿 있었다. 주로 양치질을 너무 세게 하거나, 무의식적으로 이를 악무는 습관 때문에 생긴다. 치아 마모증을 치료하지 않은 채 미백을 하면, 미백제가 마모된 부위를 자극해 시릴 수 있다. 내가 설명하는 동안 H는 조용히 고개를 끄덕였다. 그리고 직원에게서 비용 설명을 들은 뒤 예약을 잡고 돌아갔다.

며칠 뒤 예약일이 되어 H가 다시 치과에 왔다. 내가 진료실로 나가려던 순간, "똑똑" 하고 원장실 문을 두드리는 소리가 났다. 문을 열자, 우리 직원이 당황한 표정으로 서 있었다.

"원장님, H 님이 다른 치과에서 이미 치아 마모증 치료를 받고 왔대요. 그래서 미백만 하고 싶다고…."

좀처럼 보기 드문 경우였다. 요즘 환자들이 여러 치과를 비교해 본다는 건 익히 알고 있지만, 실제 치료를 받을 때는 보통 한곳에서 마무리하는 편이다.

H의 미백을 마치고 마무리 검진을 하면서 나는 궁금증을 참지 못하고 물었다.

"그런데 왜 치아 마모증 치료는 다른 치과에서 받으셨어요?"

다소 선을 넘는 질문이었다. 하지만 혹시 우리 치과에 문제가 있었던 건 아닌지, 그 이유를 알고 싶었다. 그런데 H의 대답은 뜻밖이었다.

"사실은 제가 이제 막 카페 아르바이트를 시작했거든요. 손님들을 대하다 보니, 제 치아가 하얗지 않은 게 신경 쓰였어요. 미백을 알아보러 갔는데, 치아 마모증이 심하다고 그것 먼저 치료하자고 하더라고요. 그런데 제가 돈이 없어서…. 그 치과가 치아 마모증 치료비는 좀 더 쌌거든요."

H는 말하고 나서 수줍게 웃었다.

'아, 마모증 치료비는 그 치과가 싸고, 미백은 우리 치과가 더 저렴했다는 말이구나.'

조금 허탈했지만, 곧 이해가 되었다. 내 기준에서는 큰 차이가 아니더라도, 시급 아르바이트를 하는 대학생에게는 충분히 고민이 될 만한 문제였다. 그보다 더 인상 깊었던 것은 손님들에게 밝은 미소를 보여주고 싶어 치아 미백을 결심한 마음가짐이었다. 갓 스무 살 대학생이 아르바이트로 번 돈을 모아 치과 치료를 받는다는 사실도 기특했다. 요즘은 30대 자녀의 치과 치료비까지 부모가 대신 내주는 경우도 드물지 않으니 말이다.

나는 그 순수한 열정과 미소에 마음이 움직였다. 그녀에게 작게나마 도움이 될 만한 말을 해주고 싶었다.

"그랬군요. 난 또 우리 치과가 마음에 안 드셨나 했어요, 하하."

내 농담에 H는 화들짝 놀라며 손사래를 쳤다.

"어머, 아니에요! 그런 거 전혀 아니에요."

"농담이에요. 솔직히 말해 줘서 고마워요. H 님은 치아 건강이 좋은 편이라 지금껏 치과에 오실 일이 별로 없었을 거예요. 그런데 치료를 시작하면 가급적 한곳에서 마치는 게 좋아요. 각각 다른 치료처럼 보여도 서로 연결된 경우가 많거든요."

H는 고개를 끄덕이며 말했다.

"네, 다음에는 꼭 여기서 받을게요!"

"앗, 그런 의미는 아니었어요. 물론 오시면 좋지만요."

H는 말 한마디로 상대의 기분을 좋게 만드는 사람이었다. 손님을 맞이하는 카페 아르바이트와도 잘 어울려 보였다. 물론 어떤 일이든 자기 몫을 충분히 해낼 사람이라는 생각이 들었다.

치과를 개원하고 마흔 줄에 들어선 뒤, 나도 모르게 '요즘 아이들'이라는 말을 자주 꺼낸다. 그러고 나면 스스로가 너무 꼰대처럼 느껴져 조심하지만, 이상하게도 그 말이 자꾸 튀어나온다. 우리나라 같은 초고령사회에서 '마흔'이면 아직 청춘이라는데, 아무래도 나는 요즘 말로 '꼰대력'이 꽤 높은 모양이다. H처럼 똑 부러지는 MZ세대를 만나고 나면 '요즘 청년들'에 대한 이야기를 하지 않을 수 없다.

자신에게 필요한 것, 혹은 원하는 것을 얻기 위해 진심으로 노력하는 요즘 청년들. 그 모습이 참 보기 좋다. 나의 청년기는 이들과는 사뭇 달랐다. 문제의 기미가 보이면 슬그머니 피했고, 굳이 부딪치지 않아도 되는 일에는 끼어들지 않았다. 얼핏 현명해 보이지만, 돌이켜 보면 그것은 무언가에 온전히 몰두해 본 적이 없다는 뜻이기도 하다.

H처럼 자신의 일을 더욱 당당히 해내고자 발품을 팔고 기꺼이 돈을 투자하는 일, 과거의 나라면 감히 해내지 못했을 것이다. 게다가 '돈이 없어서 못 했다'고 솔직하게 말하는 용기라니. 나 또한 어린 시절 돈이 없어 포기한 일들이 있었지만, 그때마다 적당히 핑계를 대며 빠져나갔다. 돈이 없다고 말하는 게 뭐 그리 어려운 일이라고. 나는 왜 그토록 나 자신을 신주 단지 모시듯 지키려고만 했을까.

요즘 청년들 가운데 H처럼 자신의 약점을 솔직하게 드러내는 이들이 많다. 그들은 자신을 드러냄으로써 꿈에 한 발 더 다가갈 수 있다면 기꺼이 그 길을 택한다. 반면에 우리 세대는 자신의 이미지를 포장하는 데 익숙했다.

약점은 드러내는 순간, 더 이상 약점이 아니라 강점이 된다. 자신의 상황을 솔직하게 밝힌 H에게 내가 호감을 느낀 것도 그 때문이었다. 사람은 솔직한 상대에게 더 끌리고, 작은 도움이라도 주고 싶어진다. 그런 솔직함은 타인의 평가에 쉽게 흔들리지 않는 내면의 단단함에서 비롯된다.

스무 살의 나는 미처 몰랐다. 내 안에도 이미 단단한 보석이 존재하고 있었다는 사실을. 그런데 H를 비롯한 요즘의 멋진 청년들은 어쩌면 그 사실을 훨씬 일찍 알아버린 것 같다. 다이아몬드 원석 같은 그들이 세심하게 다듬어져 제 빛을 발하면 얼마나 찬란할까.

A. 치아와 잇몸의 경계 부위(치경부)가 파이고 홈이 생기는 현상을 '치경부 마모증'이라고 부릅니다. 치경부 마모증이 생기면 때로는 시린 증상이 나타나기도 해요.

치경부 마모증은 왜 생기는 걸까요? 여러 가지 원인이 있지만, 대표적인 두 가지를 말씀드릴게요.

첫 번째 원인은 잘못된 양치 습관입니다. 칫솔을 옆으로 강하게 움직이거나, 딱딱한 칫솔모를 오래 사용하면 치아가 점점 파일 수 있어요.

두 번째 원인은 교합력입니다. 음식을 씹을 때 치아에 반복적으로 힘이 가해지면, 치경부가 미세하게 휘면서 치아 표면에 금이 가고 떨어져 나가게 됩니다. 김밥을 세게 눌러 옆구리가 터지는 현상을 떠올리면 이해하기 쉽습니다.

경미하고 증상이 없는 치경부 마모증은 양치 습관을 교정하는 것만으로도 충분합니다. 하지만 시리거나 깊게 파인 경우에는 마모 부위를 채워주는 수복 치료를 받는 것이 좋습니다.

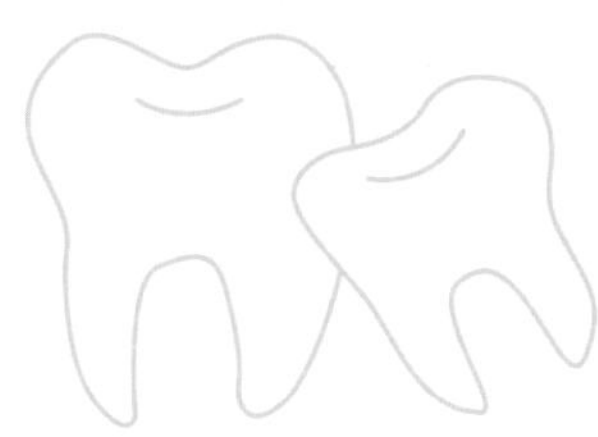

애들이 보고 있을 수도 있거든

어느 날 아침, 지각을 했다. 건물 앞에 도착하여 가볍게 뛰기 시작했는데, 다행히 어떤 '고마운 분'이 엘리베이터의 열림 버튼을 누르고 기다려주었다.

"감사합니다."

나는 가쁜 숨을 몰아쉬며 인사를 건넸다.

치과가 있는 5층 버튼을 누르려 고개를 돌린 순간, 나를 올려다보는 '고마운 분'의 말간 눈과 마주쳤다.

"앗, 치과 선생님이다. 안녕하세요?"

그 정체는 초등학교 1~2학년쯤 돼 보이는 남자아이였다. 아이 뒤에는 어머니로 보이는 여성이 서 있었다.

'어떻게 내가 치과 선생님이란 걸 알아봤을까?'

나는 궁금해하며 아이의 어머니에게 가볍게 인사를 건넸다. 그녀도 약간 당황한 표정으로 맞아주었다.

"우리 M이 원래 사람 얼굴을 잘 알아봐요. 치과도 한번 갈 때가 되었는데…. 다음에 뵐게요, 원장님."

어느새 엘리베이터가 5층에 멈췄고, 나는 후다닥 내렸다. 그날 오전 진료를 정신없이 마무리하고 점심시간이 되자, 문득 아침의 일이 생각났다.

'이름이 M이라고 했었지. 한번 찾아볼까?'

나는 아이의 어머니가 말했던 이름을 떠올리며 전자 차트를 검색했다. 흔한 이름이 아니라서 금세 찾을 수 있었다.

'나를 알아볼 정도면 치료를 많이 받았거나, 뭔가 특별한 이벤트가 있었겠지….'

예상은 빗나갔다. M은 서너 번 치과에 와서 간단히 검진하고 유치를 뽑았을 뿐이었다. 그러면 마스크 쓴 내 얼굴을 잠깐 본 게 전부일 텐데, 어떻게 알아본 걸까.

나는 원래 사람의 얼굴을 잘 기억하지 못한다. 아니, 사람의 얼굴뿐인가. 워낙 눈썰미가 없어서 매일 보는 사람의 헤어스타일이 바뀌어도 알아채지 못한다. 코로나 사태가 잠잠해지던 무렵, 길거리에서 누군가가 인사를 건넸는데 바로 알아보지 못했다. 내가 한 박자 늦게 반가워한 상대는 다름 아닌 우리 치과의 직원이었다. 2년 넘게 마스크를 쓴 얼굴만 봤더니, 마스크 없는 맨 얼굴이 몹시 낯설었던 것이다.

그런데 길어야 10분, 더욱이 마스크 쓴 내 얼굴만 보던 M이 나를 딱 알아보다니. 그 재능이 정말 신비로웠다.

오랜 기간 교직에 몸담아 온 친구에게 이 에피소드를 들려주었다. 그러자 친구는 자신도 익히 겪었다며, 아이들 재능의 숨은 비밀(?)을 알려주었다.

"유난히 관찰력과 기억력이 좋은 아이들이 있기는 하지. 그런데 그보다도 아이들은 사람 얼굴을 자세히 쳐다보잖아. 어른들은 그렇지 않거든."

그러고 보니 나는 길을 오갈 때 사람 얼굴을 거의 쳐다보지 않는다. 심지어 모르는 사람의 얼굴을 빤히 쳐다보는 건 실례라고까지 생각한다. 물론 치과 진료실에서는 환자들의 얼굴과 눈을 보되, 정면으로는 바라보지 않는다. 어른 환자들 역시 나와 비슷하다. 대부분 눈을 마주치지 않으려 하고, 끝까지 내 눈을 피하는 이들도 있다.

그에 반해 어린이 환자들은 나를 똑바로 쳐다본다. 내가 먼저 "안녕?" 하고 인사하면, 아이들은 내 눈을 응시하며 "안녕하세요?"라고 답한다. 설사 울던 아이라도 내 얼굴을 힐끗 쳐다본 뒤 계속 운다. 물론 예외도 있다. 치과를 극도로 거부하는 아이들은 절대로 나와 눈을 마주치지 않는다.

호기심 많은 아이들은 내 얼굴뿐 아니라 치료 장비, 재료, 컴퓨터 모니터까지 유심히 살핀다. 진료 의자 옆 테이블에 처음 보는 치과 재료라도 놓여 있으면, 굴러떨어질까 걱정될 정도로 의자에서 몸을 숙여 들여다본다. 그러다 결국 궁금증을 참지 못하고 질문을 쏟아낸다.

"선생님, 이거 무슨 기구예요? 뭐 할 때 쓰는 거예요? 왜 이렇게 뾰족하게 생겼어요?"

그러면 함께 온 부모님이 아이에게 한 소리 한다. 기구를 자세히 들여다보거나 질문하면 진료에 방해가 된다고 생각해서다. 하지만 내 생각은 다르다. 나중에 어른이 되면 타인의 얼굴과 눈을 바라보는 일도, 사물을 관찰하는 일도 어려워진다. 그러니 어렸을 때 많이 봐둘 필요가 있다.

나도 어릴 적에는 여기저기 다니며 사람과 사물을 관찰했을 것이다. 엘리베이터에서 만난 M처럼 관찰력이 뛰어나진 않았어도 호기심은 많았다. 궁금한 게 생기면 책을 찾아보곤 했다. 그 덕분에 지금은 사람의 눈을 보지 않아도 공감할 수 있고, 낯선 사물에도 당황하지 않게 된 것이리라.

내 친구는 아이들의 관찰력에 대해 열변을 토하더니 이렇게 덧붙였다.

"난 그래서 절대로 무단횡단 안 해. 애들이 보고 있을 수도 있거든."

친구는 언제 어디서든 제자들이 자신을 지켜볼 수 있다는 생각에, 다소 피곤한 인생을 산다며 웃었다. 나 역시 비슷하다. 아이들의 끝없는 질문 세례에 친절히 답하려면 때로는 초인적인 인내심이 필요하다. 하지만 호기심 많은 아이들에게는 바라볼 대상이 필요하고, 궁금증을 풀어줄 사람도 필요하다. 그래서 오늘도 나는 진료실에서 아이들의 눈을 바라보며 "안녕?" 하고 인사를 건넨다.

A. 다른 원장님들은 어떤지 모르겠지만, 저는 솔직히 얼굴을 잘 기억하는 편은 아닙니다. 여러 환자들을 만나다 보니 더욱 그렇지요. 그래서 저를 비롯한 많은 원장님들은 기록을 남깁니다. 그 기록을 바탕으로 "○○가 예전보다 양치질을 잘하네요", "상태가 많이 좋아졌어요" 같은 말을 건네며 대화를 이어간답니다.

재미있는 점은, 막상 어린이 환자를 눕혀 입안을 살펴보면 잊고 있던 기억들이 하나둘 떠오른다는 사실이에요. 아이의 입안을 들여다보고 나서야 "앗, ○○ 동생은 이제 안 아프다고 하던가요?"처럼 친밀하게 이야기를 꺼낼 수 있게 됩니다.

어쩌면 치과의사와 환자의 관계는 이 정도 거리가 더 적절한지도 모릅니다. 서로의 거리를 지키면서도, 필요한 순간에는 충분히 가까워질 수 있으니까요.

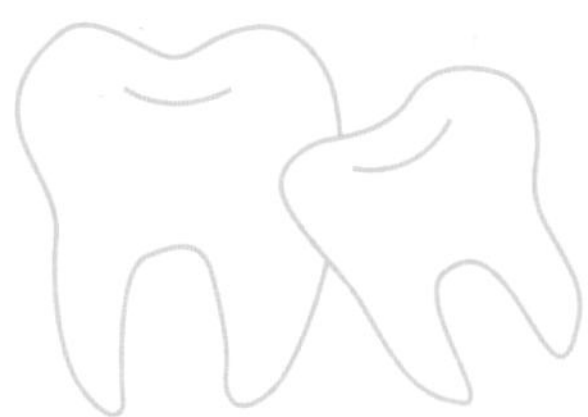

마음의 충치까지 치료합니다

어른과 아이가 함께 찾는 동네치과 이야기

초판 1쇄 발행 | 2025년 12월 24일

지은이　　정유란
책임편집　박혜련
디자인　　김선미
제작　　　공간

펴낸이　　박혜련
펴낸곳　　도서출판 오르골
등록　　　2016년 5월 4일(제2016-000131호)
팩스　　　070-4129-1322
이메일　　orgelbooks@naver.com
블로그　　blog.naver.com/orgelbooks

ISBN 979-11-92642-11-6　03810

이 도서는 2025년 문화체육관광부의 '중소출판사 도약부문 제작지원' 사업의
지원을 받아 제작되었습니다.